SEIS TOROS BRAVOS, LA LOCURA, Y LA MUERTE

Tomás Teijeiro

SEIS TOROS BRAVOS, LA LOCURA, Y LA MUERTE

Edición especial
Incluye Manifiesto intemporal

TURMALINA

Teijeiro, Tomás
Seis toros bravos, la locura, y la muerte. 1a ed. Buenos Aires : Turmalina, 2013.
118 p. ; 20x13 cm. (Turmalina verde)
ISBN 978-987-1587-90-2
Narrativa Argentina. I. Título
CDD A863

© Editorial Turmalina, 2013

Buenos Aires, Argentina

ISBN 978-987-1587-90-2

Editorial Turmalina

Hecho el depósito que previene la ley 11.723

Para sugerencias o comentarios acerca del contenido de esta obra,
escríbanos a: **info@editorialturmalina.com**

www.editorialturmalina.com

Amaia Leire eta Ema Itziarrentzat, María del Pilar eta Santiago beti lagun diezaietela, eta ez dezaten alde iluna inoiz gutxiets.

A los que también odian este mundo sin Borges, sin Burroughs, sin Bioy, sin Chillida, sin Levrero, sin Oteiza, sin Cunqueiro, sin Seymour Glass, sin Strummer, sin Brando, sin Ribeiro.

I saw the best minds of my generation
destroyed by madness.

Allen Ginsberg

Prólogo

Borges, en su ensayo clásico sobre "El escritor argentino y la tradición", escribía que desde el Río de la Plata se podían manejar todos los temas y estilos con la irreverencia de quien se consideraba portador de todas las herencias culturales posibles. Alguna vez se leyeron estas ideas como si fueran propias de un diletante frívolo, ejercicio despreocupado de cosmopolitismo más bien esnob. La vertiginosa historia del nuevo milenio ha acercado culturas a una velocidad informática y ha demostrado que Borges tenía razón. Nadie, no solo en el Río de la Plata, puede hoy crear sometido a la pequeña tradición de su país.

No cabe duda de que Tomás Teijeiro es consciente de que solo desde la pluralidad de lecturas es posible escribir. Los materiales con los que amalgama sus intensos relatos no pueden ser más diversos: William Burroughs, Mario Levrero, Jack Kerouac y, por supuesto, Borges. Su desafío reside en sumar la exquisitez con el realismo sucio y que el resultado sea hondamente original. Y, por cierto, lo consigue. La pasión, a veces lindante con la locura, va en paralelo con la inteligencia con que se construyen sus historias. La naturalidad, tan desgarrada, armoniza con las referencias culturales. Todo este gusto por lo heterogéneo salpica la misma adscripción de los textos a una enorme variedad de géneros. El lector encontrará aquí relatos históricos, fantásticos, confesionales, semipoliciales y hasta monólogos líricos.

Pero, en medio de este universo multiforme, ambicioso y personalísimo, acaso sea posible encontrar una huella por la que circular sin perdernos por el camino. Esta pista esencial se encuentra, me parece, en un venerable tópico de la literatura universal: el viaje. La lectura de los cuentos de Teijeiro nos enseña que la experiencia del viaje de un confín al otro del mundo, sea este real o simbólico, puede enfrentarnos a una experiencia límite. En muchas ocasiones no se trata de una aventura espeluznante ni una empresa que ponga en riesgo nuestras vidas. Un paseo por Ámsterdam, lejos de la mirada adocenada del turista, es la ocasión ideal para que el sujeto atisbe de pronto la vaciedad del mundo que le rodea y su propia condición a la deriva. En "Meada salvaje", un relato admirable que le hubiera gustado escribir a Tobias Wolff, el protagonista deambula por la ciudad esquivando monumentos, atento solo a las marcas que deja el adoquinado en el suelo. La errancia se convierte en ocasión para un disgusto vital no exento de ironía. Y así, alternando la amargura con el sarcasmo, los pasos del personaje conducen hasta esa escena final, cortada bruscamente, en la que las preguntas parecen irse con las olas del barco que cruza de improviso el canal.

"Meada salvaje" es una de las historias capitales del libro, porque nos acerca mejor a los problemas que atormentan a los viajeros de otros cuentos. El pasajero de un vuelo local por España; el cliente de un taxi en Nueva York; el erudito que ha estado en Viena; o el agente de la CIA que comienza en Brujas y acaba su periplo en Punta del Este. Todos ellos son, de alguna manera, el mismo personaje. Todos sienten esa cualidad efímera de las cosas, y de su propia vida, gracias a que están inmersos en un viaje. "Los viajes nos recuerdan que la vida es mientras tanto", decía Bioy Casares. Sin embargo, el itinerario hacia el punto límite no se despeña en la confusión o el caos absolutos. Ciertamente hay mucho terreno para la sátira de Tomás Teijeiro. La rebeldía que exhibe el narrador se complace en destruir la estupidez de los lugares comunes de la modernidad. Pero esas conversaciones vanas de un psicoanalista, un político o del simple vecino que viaja en el colectivo, desvelan la nostalgia de un ideal trascendente que no es capaz de comprender el mundo exterior. La charla con el terapeuta ("Nosotros mismos"), la invocación poemática de una España mitificada ("Fase Mor"), la reescritura de un episodio evangélico ("Spear of Destiny") o, sobre todo, el espléndido thriller en taxi por Buenos Aires ("The hunter and the hunted") expresan ese anhelo de pureza. Tomás Teijeiro ha escrito un libro apasionado y valiente, que se atreve a expresar una visión dolorosa y al mismo tiempo idealista de la existencia. Sus lectores cómplices se lo agradecerán.

Javier de Navascués.
Pamplona, agosto de 2012.

El Che, que piensa antes de morir

La Higuera, Bolivia, 9 de octubre de 1967

Como todas las mañanas, amanecí pensando en la muerte. En la revolución, y en la muerte que es una de sus consecuencias.

Pensé en todas esas personas que nunca entendieron mi mensaje, en todos los que no creyeron en la revolución ni en la posibilidad de que cumpliéramos con nuestra misión de crear al hombre nuevo.

Por un instante, recapitulé mi vida, mi familia, mi vieja, mis amigos, las primeras escapadas, el viaje en moto, las desgracias y miserias, las personas que conocí, héroes y villanos, leales y traidores, amores y aventuras, México, Fidel, Raúl, el Granma, enero del 59, Cochinos, El Congo, los misiles, Kennedy, Kruschev, Haedo, mi carta de despedida.

Pensé también en la vida que podría haber llevado, pensé en cómo hubiera sido todo si hubiera preferido la normalidad, pensé en los sinsabores que me habría ahorrado, y en los que les habría ahorrado a los que me quieren, y a tantos otros de los que ni siquiera supe sus nombres, pensé en esta época tan maravillosa y loca que me tocó vivir, pensé en la Argentina, y pensé en la Cuba que conocí, y en la que hicimos.

Pensé en la muerte que iguala a todos, y pensé qué poder el de Dios (si existe) cuando la manda.

Más tarde, sentí abrirse la puerta, la vi arrastrarse por el suelo mugriento de la pobre habitación, le vi la cara sudorosa al soldado, vi sus ojos como de vidrio, y vi sus manos portando un arma con tensión. Reconocí en su cara la expresión que tenían nuestros revolucionarios en la Fortaleza de la Cabaña durante aquellos días en que hacíamos justicia, y repetí las mismas palabras que escuché decir a uno de aquellos traidores infelices: más vale morir de pie, que vivir arrodillado.

Spear of destiny

El costado de Jesús traspasado

Vinieron, pues, los soldados, y quebraron las piernas al primero, y asimismo al otro que había sido crucificado con él. Más cuando llegaron a Jesús, como le vieron ya muerto, no le quebraron las piernas. Pero uno de los soldados le abrió el costado con una lanza, y al instante salió sangre y agua. Porque estas cosas sucedieron para que se cumpliese la Escritura: No será quebrado hueso suyo. Y también otra Escritura dice: Mirarán al que traspasaron.

Juan 19:32-37

Fue durante aquellos días en Viena que escuché hablar por primera vez de la Lanza de Longinos.[1] Desde ese momento no pude dejar de pensar en ella, y en la inmediata necesidad de poseerla.

En vigilia o en sueños me venían a la mente una y otra vez imágenes de lo ocurrido aquella tarde en la Cruz. No podía dejar de pensar en Jesús, en el buen

---

[1]   Lanza del soldado Cayo Casio Longinos con la que atravesó el costado de Cristo, a la que se conoce por Lanza Sagrada, del Destino, o de Longinos. Es objeto de culto y búsqueda, al igual que el Santo Grial, y se le han adjudicado poderes que beneficiarían a su portador para hacer el bien, o el mal. La tradición dice, según refiere Moreno Porcar en su Atlas de Mitos y Leyendas del Cristianismo, que la tuvieron en sus manos Carlomagno, Barbarroja, los Habsburgo, y Hitler, entre otros. Aparentemente, en la actualidad existen cuatro lanzas inventariadas, una de ellas en poder del Vaticano.

ladrón, en el otro que se me representaba como una vaga figura, y en Longinos.

¿Habrá estado Longinos todo el tiempo junto a Cristo?

¿En la cárcel, en su primera audiencia con Pilato, durante los azotes, durante la coronación de espinas, en el juicio, habrá visto la liberación de Barrabás, habrá sido testigo de la preparación de la crucifixión? Tal vez conocía a Cristo y su ministerio. Quizás lo había escuchado predicar, o había visto alguno de sus milagros. Y todo el tiempo se preguntaría: ¿Por qué van a crucificar a este?

¿Qué habrá hecho este de malo? ¿Habrá seguido los pasos de Cristo hacia el Calvario?

Veo a Jesús con aspecto sereno y seguro. Me parece escucharlo cuando perdona a sus verdugos, parece una premonición. ¿Lo habrá intuido Longinos?

Veo pasar las horas y veo como poco a poco el misterio de la Cruz empieza a penetrar en el corazón del buen ladrón (y en el de Longinos). En el sufrimiento, el ladrón ha ido conociendo a Cristo. Reprocha al de la vaga figura cuando este lo increpa. Reconoce en Cristo al Inocente que sufre. Reconoce su propio pecado, su debilidad y su necesidad de Él.

Lo veo cuando se anima y toma el gran riesgo de la fe, y desde su cruz invoca al trono de su compañero de martirio:

—Acuérdate de mí cuando llegues a tu Reino —dice, implorando misericordia.

—Yo te aseguro, hoy estarás conmigo en el Paraíso —le dice el Rey.

Veo el momento de la muerte de Nuestro Señor.

Veo el sufrimiento que nos ha ofrendado, y veo venir a los soldados.

Escucho el sonido de las piernas del buen ladrón y del de la vaga figura al ser quebradas, y veo la cara de Longinos cuando dice:

—A este no.

Lo veo levantar la lanza, y prepararse (como si lo supiera) para ser ungido.

Lo veo disfrutar nuevamente de la luz en este milagro póstumo.

Únicamente el hijo de Dios.

Y hay también otras muchas cosas que hizo Jesús, las cuales si se escribieran una por una, pienso que ni aun en el mundo cabrían los libros que se habrían de escribir. Amén.

Juan 21:25

Meada salvaje

Colocarse es ver las cosas desde un ángulo especial. Es la liberación momentánea de las exigencias de la carne temerosa, asustada, envejecida, picajosa. Tal vez encuentre el colocón definitivo.

William S. Burroughs

Siempre tuve la idea de ir a Ámsterdam, y no por eso de las drogas. Tuve la idea porque, igual que Nueva York, Ámsterdam es una ciudad con alma (la más rebelde de Europa, qué me vienen con París y sus historias del 68), de esas que son para vivirlas, y no como el resto de las ciudades sosas del mundo. No en vano la leyenda dice que fue fundada por dos pescadores y un perro mareado, que vomitó al tocar tierra en el lugar donde hoy se encuentra la ciudad. Una ciudad que fue fundada así, no puede fallar.

La premisa era, nada de museos, nada de iglesias, nada de arte duro y encapsulado en catálogos, sino todo lo contrario, calle, noche, artistas callejeros, teatro alternativo, conciertos, etcétera, un largo etcétera.

Luego de dejar las cosas en un buen hotel de la calle Keizersgracht, al este de Grachtengordel, me di un buen baño, y salí a caminar.

No importa el dinero del que uno disponga cuando va de viaje, alojarse en un buen hotel, en un hotel de lujo, es fundamental.

Las ciudades se conocen en la calle y sobretodo en la calle a la noche, es por esto que sí o sí se debe tener una buena guarida donde descansar y reponer energías. Nada mejor que una cama bien tendida, con chocolatín y rosa en la almohada, y un desayuno en la habitación bien servido, de esos de mozo de frac, bandejas con tapa de plata, tostadas crocantes, jugo de naranja recién exprimido y colado, torta sacher, y manteles hasta el piso.

Pero bueno, había salido a caminar.

Es difícil en ciudades como esta esquivar la historia, por eso me propuse hacer un tour de treinta minutos sin ver nada histórico, es decir, edificios, plazas, etcétera, y en verdad, salvo en escasas ocasiones, para poder cumplir con mi objetivo tuve que caminar casi siempre mirando el piso.

Por suerte, en los momentos en que no lo hacía pude fijar la mirada en otros que como yo deambulaban por la ciudad, quizá también esquivando monumentos.

Igual es entretenido caminar por Ámsterdam mirando el suelo, al cabo de un rato uno empieza a encontrar patrones que seguir en la colocación de los adoquines, y estos pueden llevarte a los sitios más recónditos.

En una de las calles encontré que cada treinta y tantos pasos había colocados tres adoquines de distinto color formando un equilátero, cosa de masones seguro, porque estos meten la cuchara en todos lados.

Uno de estos que deambulaban perdidos (o no) esquivando monumentos como yo me pidió fuego, y no le di. La verdad es que tenía ganas de hablar con alguien, ya que desde que había iniciado mi viaje no cruzaba palabras con nadie más que con los de las cabinas de los peajes y el recepcionista del hotel, pero odio los es-tereotipos, y este era el típico peludo con intenciones de aparentar ser un Marley bizarro. No hay combinación de colores que me guste menos que la de esas gorras tejidas que usan estos seudoclones para tapar sus pelos rastas.

Lo mandé a volar porque no me cayó simpático y porque además como no fumo ni soy piromaníaco no llevo fuego encima, y paré en un kiosco a ver unas revistas de música.

Como siempre miré la Rolling Stone, la edición americana, y un viejo reflejo que me hace comprar todo lo que se me ponga delante que esté, aunque sea lejanamente, emparentado con Jagger – Richards – Watts, me hizo meterla para el bolso.

Como siempre, hablaba del nuevo disco de la rubia tonta del momento, de la nueva edición de no sé que bootleg de Dylan, y de los nuevos rebeldes adolescentes que intentando emular a los Ramones, intentan hacer punk. "Lo que es el mercado", pensé, y seguí mirando revistas.

En eso, encontré una que se llamaba Rockdeluxe, y no aguanté la tentación, Rockdeluxe, me hizo acordar a RODELU.

Ese país que no me puedo sacar de la mente; en cuanto la patenten, recurriré a una lobotomía selectiva de ideas para quitármelo de la cabeza. Por más que camine, por más cosas que vea, como el Zahir, ese pequeño espacio de tierra anclado en el 16 de julio de 1950 siempre regresa a mi mente. Maldito Zahir, pensé, y me entró un hambre atroz.

El hambre, combinada con la soledad, no es nada buena. Busqué un lugar donde comer algo y, como un insecto atraído por la luz, me encandiló un cartel de neón que decía en inglés: "Chocolate cookies, cyber & shop", y ahí mismo entré.

Estaba bueno, en serio. A mí no me gustan mucho las decoraciones que no son occidentales, pero esta estaba buena.

Alfombras de la India (o con dibujos de la India pero tejidas en cualquier otro lugar de mano de obra aun más barata que en la India), almohadones con elefantitos y espejitos pegados, velas, incienso, muebles de madera de la India, computadoras sobre esos muebles, y personas de la India que te atendían.

Me senté en un banco de madera marrón sin respaldo, y como preví que iba a estar un rato chateando y me iba a doler el culo, agarré uno de esos almohadones, pero sin espejitos, y me acomodé frente a la computadora.

Miré mis mails, y como siempre me había escrito el que ofrece cursos de inglés, y el que vende Viagra muy en precio; los borré.

Miré mi lista de contactos, y cuando estaba en eso de elegir a quien mandarle un mail, apareció la camarera que sin duda era de la India. Tenía eso que se pegan entre las cejas, la típica cara de camarera de la India, pero no como la del video de Lenny Kravitz sino un poco más fea, bastante más fea, y llevaba ropa también de la India, de color amarillo apagado, y rojo apagado.

Me dio el menú, amagó a irse, pero como no entendí en qué idioma hablaba, supuse que lo hacía en el idioma de la India, yo tenía mucha hambre, la agarré de la muñeca suavemente para que no se fuera, y ella, muy sumisa, se quedó. El menú estaba en holandés y en inglés, y era muy largo. Elegí algo al azar. Señalé con el dedo donde decía chocolate, que resultaría ser un brownie tan dulce, pero tan dulce, que me empalagó, y una Coca Cola. Cuando me los trajo, le pagué todo, incluida una hora de Internet, le dije thank you, y me dediqué a mi mundo.

Mails, brownie, Coca Cola.

Esta vez no la agarré de la muñeca.

Así se me pasó la hora. Con trabajo me levanté del banco, y despegué el almohadón que había quedado prendido a mi pantalón.

Salí a la calle y empecé nuevamente a deambular. Las cosas que vi al no seguir mi mapa de adoquines me asombraron. Los colores de los quesos y los tulipanes se confundían rápidamente en mi retina, y daban paso a miles de ojos apurados con los que me cruzaba, al compás de los timbres de las bicis y la bocina del tranvía.

Caminé, y caminé, supongo que en círculos porque siempre pasaba por el mismo puente, sobre el mismo canal.

En una de esas vueltas, me quedé apoyado en la baranda del puente, desconsolado, totalmente desconsolado.

No podía soportar vivir en este mundo.

No entendía por qué, por qué se había muerto Brian Jones. Ni tampoco entendía ese maldito rumor de que él en realidad no había tocado ni un instrumento en el Pipes of Pan at Joujouka. ¿A qué mente retorcida se le puede ocurrir una atrocidad así? ¿Quién, aunque lo descubra, puede ser tan mal nacido como para contarlo?

No podía entenderlo, y mi desconsuelo ya eran lágrimas.

En eso sentí que me agarraban del brazo, y me hablaban. Marley bizarro me pedía fuego otra vez.

Como no tenía, porque seguía sin fumar y no me había convertido en piromaníaco, le dije que no otra vez.

Sacudió sus rastas, y se quedó junto a mí mirando el agua correr en el canal. De alguna forma, su presencia quebró mi soledad, y alivió en algo mi dolor.

El agua, de color verdoso, un poco transparente, corría lentamente sin cesar, silenciosamente. Flotaban en ella hojas e insectos.

—¿Sabías que una buena meada puede erosionar un edificio? —me dijo.

—Ni idea —contesté.

—Sí, acá en Ámsterdam está calculado que los humanos meando en la calle, le ganan a los perros.

—Ni idea —contesté.

—Sí, y algunas meadas son tan fuertes, tan salvajes que, en serio, si se repiten en el mismo lugar, pueden llegar a erosionar un edificio, de los viejos, claro —aseveró.

—No puede ser —dije.

—Que sí. Parece que sacarán los viejos meaderos estos de metal enrejado curvado y los cambiarán por unos japoneses que eliminan la orina.

Que no te creo —repliqué. Mientras para adentro maldecía a los japoneses que siempre se las arreglan para tecnificar todo.

—No me importa que no me creas. Un amigo, bueno un amigo no, uno que trabaja en el ayuntamiento, me dijo que el meo de una persona penetra a una profundidad de dos metros bajo tierra.

—No me interesa. Cuando esté a dos metros bajo tierra, no sentiré ni el olor a meo —dije.

Al pensar en eso me acordé otra vez de Brian Jones, y de su estúpida muerte. Pero esta vez no me sentía tan solo.

Una embarcación pasó rápidamente bajo el puente, por el modelo adivino que con rumbo al muelle de Herengracht 502.

Su estela provocó pequeñas olas en el canal, en las que las hojas y los insectos parecían surfear.

—¿Sabías que el ayuntamiento todos los años saca diez mil bicicletas y cincuenta y dos muertos de los canales? —me dijo el rastafari.

—No lo sabía —contesté, y pensé qué triste debe ser morir ahogado, como Brian.

Peace, peace! He is not dead, he doth not sleep, he hath awakened from the dream of life.

P. B. Shelley

El desaparecido

Circunstancias muy extrañas se sucedieron en torno a la desaparición de Baltasar Bolaña. Aún hoy, no obstante la paciente perspectiva que me otorga el tiempo, creo que muchas de ellas fueron sobrenaturales. Santiago Dabove, el mismo que refirió a Georgie la historia de aquella mujer, me contó unos días antes de morir nuevos detalles, los cuales agrego ahora a mi relato. Según este, Bolaña, a quien también conocía con profundidad y veía con frecuencia, comenzó repentinamente a cambiar su carácter hacia fines del otoño del año veintisiete. La fecha coincide con la llegada desde Egipto de una antigua biblioteca que Baltasar había subastado en su último viaje por Oriente.

Parco, taciturno, y con una irresistible atracción hacia lo lúdico, se veía al otrora racional y dinámico ingeniero caminando día y noche dentro de su casa. Los curiosos (que no escaseaban tampoco entonces) con sus impertinencias provocaron que este renunciara a la luz del sol cerrando sus cortinas, agregando así un motivo más de preocupación a sus amigos. Únicamente en muy escasas ocasiones, determinadas siempre por necesidades gastronómicas, se lo veía salir, y entrar fugazmente.

Las cortinas y postigones herméticamente cerrados hacían que su casa pareciera algo más que un depósito abandonado, dejando así sus muros y tapias a merced del más extraño arte callejero. Grafitis que simulaban túneles, túneles que representaban mundos, mundos atiborrados de gentes que no parecían sufrir.

Dabove y otros amigos de Bolaña, preocupados por una ola de desapariciones inexplicables que acuciaba al país, decidieron persuadirlo de tomarse unos días en el campo de Muñoz. De más está decir que no tuvieron éxito alguno. La antigua puerta de la calle Bermúdez, que en tantas ocasiones los recibiera, no les daba paso en esta oportunidad. Mientras tanto, y olvidado de que existía un mundo exterior que por su ausencia se angustiaba, Baltasar se daba en su sótano a efectuar ancianas permutaciones químicas. De su objeto únicamente conocemos lo escaso que refieren algunas de sus notas encontradas posteriormente. Las amarillas hojas (con la inscripción Merculius Labris en su extremo inferior izquierdo) confirman que Bolaña investigaba algo diferente a lo habitual. Lo confieso sin rubor, soy un completo ignorante en lo que a las ciencias exactas se refiere, lo mío siempre han sido las humanas dilaciones, no obstante, mi entendimiento no comprende la relación que pueden mantener en una fórmula química el Sol, la Luna, el plomo, el agua, y la serpiente.

Fracasado, pero no vencido, Dabove cada vez más angustiado reunió a todos sus amigos en el escritorio de la calle Mitre y Sarandí, y gentilmente me invitó a participar. Recuerdo que estas fueron, más o menos, sus palabras: —Queridos amigos, la razón que hoy embarga mi alma y me llama a convocaros no es otra más que la preocupación por uno de nosotros. Baltasar, como sabéis, hace ya varios meses ha sido seducido por el ostracismo, de manera tal que ni siquiera se ha dignado en recibir a quienes intentamos visitarlo. Refieren las gentes de su barrio que ya ni en busca de provisiones se lo ve. Si no os parece mal, y convencido de que a pesar de sus desplantes es nuestro deber velar por él, os propongo derribar su puerta, y por la fuerza, si es necesario, traerlo nuevamente al exterior, donde se le brindará la ayuda que su mente necesite.

Luego de algunas precisiones, decidimos realizar la operación el siguiente sábado.

Al mediodía del sábado acordado, Bigliardi y Roca derribaban con gran esfuerzo la pesada puerta de acacia.

Una vez en el recibidor el grupo se dividió en tres expediciones. Bigliardi dirigía el grupo que examinaría el jardín y las cocheras. Roca y otros dos se encaminaron al primer piso, donde intactos y cubiertos de polvo encontraron los dormitorios.

Santiago y yo, creo que con cierta inconsciente premeditación, nos dirigimos al sótano. Las paredes de los pasillos, construidas con granito gris sin pulir, parecían perturbadas con nuestra presencia. Una vez que descendimos el último peldaño de la escalera, y doblamos a la izquierda, nos topamos con una gruesa puerta que entre dos columnas nos impedía el paso. El aire que respirábamos ya no era el mismo. Luego de algunas maniobras realizadas por Bigliardi, a quien pedimos colaboración, pues yo sospechaba de su habilidad para abrir cerraduras sin llave, logramos cruzar el umbral. Respirábamos un aire viejo, con sabor a maderas, a tierra, y a mar. Quizá con demasiado celo encendimos algunas velas, e inmediatamente sus luces se reflejaron en decenas de tubos de cristal y coloridas pipetas. Roca aún hoy se atemoriza al recordar la impresión que le causó toparse con aquella águila bicéfala embalsamada, (yo no puedo dejar de pensar en los Habsburgo y en Madrid). No había rastros de Bolaña. La casa parecía un museo abandonado: polvo, humedad, vieja correspondencia y grandes telarañas, nos referían que hacía mucho tiempo ya que nadie transitaba por sus habitaciones. Situación que por demás se nos antojaba extraña, dado que al entrar constatamos que tanto las puertas, como las ventanas, habían sido fuertemente cerradas por dentro.

Resignándonos a nuestra derrota, nos disponíamos a marcharnos, cuando un pálpito me hizo regresar al sótano.

Observé que el antiguo reloj de pared, sobre el que nadie había reparado, se había detenido a las tres de la madrugada de aquel sábado de San Juan. Un polvillo de color dorado cubría la superficie de la mayoría de los objetos cercanos al reloj, con la excepción de un sector del piso frente a este. Un semicírculo conformado por la ausencia del polvo dorado resaltaba el negro profundo del mármol. Dentro de este semicírculo se notaba débilmente la huella de dos zapatos, y sobre estas una rosa lucía toda su frescura de recién cortada. Aún pendían de ella diminutas gotas de condensación que destellaban cada vez que movía el candelabro. Fui el último en salir, apesadumbrado por lo confuso y extraño de la situación.

Años después, cuando ya había finalizado la guerra y viajar no entrañaba grandes peligros, fuimos con Bigliardi a Nepal. Una tarde, luego de visitar a un amigo en un convento tibetano ubicado en una aldea de Katmandú, caminábamos rumbo a un mercado donde se conseguía transporte cuando nos encontramos con un paredón pintado en el mismo estilo que aquel de la casa de Bolaña. Como el otro, este también tenía túneles que simulaban mundos, y mundos repletos de gentes que no parecían sufrir. A pesar de lo que diga Bigliardi, perdido entre esa multitud, puedo jurar que vi el rostro de Baltasar Bolaña.

La experiencia de volar

Una vez más rumbo a Noáin.

Entré al avión y vi a la gente acomodando su equipaje. Era como una vorágine de caras, y detrás de cada una de estas caras, almas.

Miseria, riqueza. Alegría, depresión. Serenidad, ansiedad. Conformismo, aspiración. El bien, y el mal.

Todos estos sentimientos, y los seres que los contienen, mezclados en la fatalidad de tener que compartir el probable destino de fundirse en uno solo, o de atomizarse en cientos, y generar a miles.

El peor momento, ese en el que se hace evidente el espíritu democrático y socializador del fatalismo de la existencia, es cuando se escucha el sonido de la escotilla cerrándose y comienza la presurización.

Cuántos ojos no llorarán, o quizá lo harán. Cuántos cuerpos se estrecharán, y cuántos arderán.

Nadie que no ostente la libertad absoluta lo conoce, todos los que no la gozamos, lo sufrimos.

Que agonía la de no saber si volveré a lo que he dejado, y de soñar con lo que he dejado y ansío que vuelva.

No hay vuelta atrás, darla significa demasiado, ¿quién acaso está dispuesto al escándalo?, ¿quién acaso vivió para contarlo?

No hay cábalas que sirvan. No hay amuleto que llevar. No hay destino con el cual especular.

Solo confianza, y Fe para tener.

Corpus Kalea

Dios es omnipresente, así me lo enseñaron, eso fue lo que pensé al entrar en aquel departamento lleno de imágenes religiosas.

El Señor parecía estar en todas partes.

Hacía varios días que estaba buscando piso para alquilar en Iruña, y por diferentes razones ninguno de ellos me conformaba. Pero este lo haría menos que cualquiera.

Una estatua de San Martín, y al lado una imagen de San Francisco Javier, otra del Sagrado Corazón de Jesús, y cientos de estampitas de diferentes santos para mí desconocidos, que se encontraban en una biblioteca al lado de un ejemplar de Noaptea de Sanziene de Mircea Eliade, evidenciaban la obsesión, mayor a la devoción de quien vivía o había vivido allí.

Contacté a aquellas gentes mediante una agencia de esas que se dedican a bienes raíces. Estaba ya oscuro cuando el promotor que me acompañó hasta el lugar acomodó su chistera, sacudió la nieve de su paraguas, y desapareció inmediatamente después de haberme presentado a los dos ancianos que allí esperaban. Sin olvidarse, claro, de aclarar a la carrera el monto de su comisión para el caso de que cerráramos el trato.

Los ancianos fueron por demás amables, y me mostraron el piso, recorriéndolo una y otra vez a mi pedido, y también a mí pesar; mientras yo tomaba nota mental de lo que veía, encendían y apagaban las luces de cada habitación cada vez que dejábamos un cuarto, a la vez que se disculpaban por no abrir las persianas.

Esto no me pareció extraño, ni tampoco su buena disposición para conmigo, ya que daban como un hecho que yo lo arrendaría.

Sin embargo, hubo algo que no me conformó, y que no me permitió cerrar el negocio en el momento. Sentía el pecho oprimido.

Luego de pensarlo, regresé al otro día a recoger el contrato de arrendamiento, para devolvérselos firmado, y volví a reunirme con los dos viejitos. Otra vez la sensación.

Secreteaban entre sí y, sin parar, me contaban historias familiares de esas que no deben contarse.

Cuando les pregunté quien vivía o había vivido allí, la mujer me dijo que una persona amante de las trabas en las puertas y los santos. (Conté hasta cinco pasadores en cada puerta interior, y hasta ahora ningún cura ha sabido explicarme la relación entre estos y tanta devoción).

El hombre miró fijamente a la esposa, y esta sobresaltada replicó: pero esto no es de importancia, quede Ud. tranquilo que la señora no ha muerto aquí, sino en la clínica.

Ya eran las siete y media de la tarde, en la segunda entrevista que mantuve con aquellos ancianos del séptimo piso de la Corpus Kalea. Igual que el día anterior, había llegado en la penumbra del frío invierno navarro, y en ella abandonaba el edificio. Igual que el día anterior, no me habían querido recibir de día.

Dormí temprano esa noche, y soñé con santos y con ángeles, por mis sueños pasaron San Josemaría, también San Ignacio, Santiago Apóstol, y mi San Juan.

Desperté la mañana siguiente, y con el valor que da a los hombres la luz del sol, me acerqué llevando el contrato firmado hasta el edificio de la simpática pareja; conté una y diez veces los pisos, y eran seis. Pregunté al conserje por los ancianos, y me dijo que no había séptimo piso, que lo hubo una vez, pero que el pequeño ático allí existente había sido demolido para construir un depósito de agua luego de que un anciano enloqueciera, allá por la época en que murió Franco, y matara a su mujer, e hiriera a la mucama.

También me contó el conserje, que en el hospital las viejas enfermeras aún recuerdan el caso de la mujer que no murió por las heridas, sino que murió de miedo.

Una noche en Mercer Street

Siempre le tuve miedo a todo aquello que fuera mágico. Para mí, mejor dicho para mi conciencia, nunca existió otra explicación de las cosas que no fuera la racional.

Es por esto quizás, que cada vez que planifico un viaje me propongo destinos donde no tenga que convivir con culturas demasiado místicas. No soy prejuicioso, pero lo místico generalmente va ligado a la superchería, y esta, sobretodo, me parece de mal gusto.

Aquella vez, al llegar a Nueva York, me fue imposible imaginar lo que viviría esa misma noche en Mercer Street.

Como siempre, del aeropuerto fui directo al Chelsea, hace tiempo ya que acostumbro a quedarme en ese hotel. No es gran cosa pero tiene todo lo que necesito, y siempre me dan la misma habitación con vista a la calle, además hay un par de buenos restaurantes cerca.

Después de dormir un poco y bañarme (el pánico que siento al volar me provoca un gran cansancio), bajé a caminar un rato. Fui hasta la Séptima Avenida y me dirigí al parque. El sol caía cuando pasé por la fuente de Bethesda, el lugar estaba atiborrado de gente. Creo, casi sin dudarlo, que fue allí y no en otro sitio donde comenzó mi experiencia aquel día.

Nunca sabré si fue el cansancio del avión, o las pastillas que tomé, pero algo en mí era diferente. Me sentía mucho más sensible a entender las cosas, tenía otra percepción. Pero a la vez, mis ojos y mi mente no sabían cómo procesar, ni como clasificar, toda esa información nueva cargada de colores que me iba llegando. Mis reflejos racionalistas comenzaban a fallar.

Las caras de la gente, sus actitudes, sus vestidos, todo, pasaba por mi retina con la velocidad y los matices con que lo hacen las figuras en un caleidoscopio. Los niños corriendo, algunos perros, el hombre de los globos, el vendedor de salchichas. Todo lo diario mostraba hoy otro perfil, que en verdad me asustaba, creo que por vertiginoso.

En medio de esta confusión, y todavía no sé cómo ni por qué, me subí a un taxi. Los asientos, recuerdo que estaban tapizados con una tela que imitaba a la piel de un tigre (ese animal que admiró Blake). El chofer era haitiano. Negro, corpulento, con tatuajes y pelado.

Sé muy bien que no le dije a dónde ir. Pero también, sé muy bien que adonde me llevó lo hizo sin rodeos. Recuerdo que entre sueños vi la estatua de Fonseca, y pensé: vaya vida la de los héroes, que nunca terminan de arraigarse. Ayer Paraguay, hoy Nueva York. Pasamos frente a una gran librería o biblioteca, vi llegar al último de los barcos que vienen de Staten Island. Cuando reaccioné nuevamente terminábamos de cruzar el puente de Brooklyn y nos dirigíamos a Queens. Le pregunté al chofer adónde íbamos, y me gruñó algo incomprensible que me disipó las ganas de intentarlo nuevamente.

Ya era de noche cuando llegamos. Seguro que ese lugar había sido fábrica, o depósito. Ahora era una comunidad. Con maderas, chapas y cartones, los seres que allí vivían habían ido construyendo unos habitáculos que mi mente comparaba con hormigueros. Algo de eso tenían. Innumerables galerías llevaban a innumerables habitáculos. Que parecían caniles, pero donde vivía gente. La verificación de lo complejo del entramado social, al menos en su estado primitivo, estaba frente a mis ojos. El haitiano me guiaba corriendo por estos corredores. Yo sentía mucho miedo, pero en realidad nadie se me acercaba. Únicamente un niño sucio y andrajoso me miró muy fijamente. Sus ojos parecían salirse de las órbitas. Vi en ellos reflejados el dolor, la resignación, y la pérdida de la esperanza.

Pronto llegamos a un lugar un poco más grande y confortable que los que habíamos visto. Una mujer gorda, también negra, y sus hijos salieron a recibirnos. Por un instante me sentí mejor, los veía felices por nuestro arribo. Pero no era por mí, sino por el chofer.

Inmediatamente este le dijo a su mujer algo que yo no comprendí, y esta me lo tradujo en un pésimo inglés: —dice mi marido que hasta aquí llega él, que debe usted seguir solo, y que no se demore pues lo están esperando. —Con un gesto adusto me indicó el camino.

Apenas había avanzado unos metros cuando me detuve, y pensé: ¿qué suerte de Dante decadente vengo a ser?, ¿quiénes son estos que pretenden ser Virgilio?

No quise entretenerme más, y siguiendo las indicaciones de la mujer caminé en la dirección marcada. No había recorrido demasiado todavía cuando se me presentó, como única opción para continuar, una escalera. Comencé a subirla, era muy alta. Al llegar arriba tuve en realidad la sensación de haber bajado. Hacía un frío muy intenso, pero no estaba oscuro. El resplandor de una hoguera iluminaba los pasillos. Seguí la luz hasta llegar a una habitación que parecía ser la sala principal del nuevo recinto. En ese instante sentí la presencia del mal. Un hombre muy flaco, vestido con harapos, y seguramente loco, hablaba sin parar desde lo alto de un estrado. El fuego era cada vez más intenso pero no hacía calor. El loco gritaba cosas sin sentido en varios idiomas. Le escuché decir que había matado a JFK, que había estado en la guerra del Golfo, en Farsalia, en Marenco, y en Ankara hacía poco. Decía ser el padre de todos los padres, decía tener muchos nombres, y haber vivido todas las épocas. Decía que el mundo se acababa. Que vendrían tiempos de gran sufrimiento para todos los hombres, y que la culpa no era de él sino de ellos mismos. Porque aunque estos no habían sido hechos a su imagen y semejanza, sí tenían su esencia, porque todos son egoístas, todos tienen envidia y, en lo más íntimo, todos lo adoraban, dijo.

Yo realmente estaba confundido, mi mente por completo nublada se veía imposibilitada ya de establecer analogías o comparar premisas lógicas. No quedaba en mí ni un atisbo de razonamiento, todo era percepción.

Sudaba fuertemente, pero no sentía calor. Comencé a temblar, e inmediatamente esos temblores se transformaron en convulsiones y perdí la conciencia. Debo haber estado desmayado un largo rato.

Cuando desperté me sentía muy cansado, y también un poco dolorido. El loco, el estrado y la hoguera ya no estaban. El ambiente era cálido, aunque la habitación (ahora vacía) era la misma. Tuve la sensación de estar en casa. En el pasillo contiguo sentí el tintineo de una campanilla, intenté asomarme pero no tenía fuerzas para moverme. Por una de las aberturas que daban a ese pasillo circular vi pasar a un hombre con galera, que caminando graciosamente llevaba un burro atado a una correa. En seguida me di cuenta de que todavía no había despertado. Supe entonces que mi cansancio era ficticio, y con fuerzas que saqué de no sé dónde creo haberme levantado. Salí al pasillo y comencé a correr. Al cabo de unos minutos descubrí que corría en círculos. Pasé tres veces frente a un grafiti que decía: Dandelion don´t tell no lies. Nunca más vi al burro, ni al hombre de la galera.

Volví a la habitación principal, y ahora era un jardín. En él había una pequeña huerta, y en ella alguien trabajándola.

Me acerque sigilosamente a esa persona, aunque sentía esa confianza que solo da el conocimiento. Era una mujer. El viento le llevaba el pelo sobre el rostro. Hincada sobre el piso revolvía la tierra para plantar unas fresias en el borde de la huerta. Me detuve un segundo a admirarla, su pelo destellaba con el sol, sus hombros eran los más hermosos jamás vistos.

Como quería ver su cara, comencé a caminar alrededor de la huerta tratando de verla, pero no pude. La huerta giraba a medida que yo caminaba, y únicamente me permitía contemplar ese pelo, y esos hombros.

Sentí la paz y la tranquilidad que irradiaba esa persona, y así como sentí lástima y desprecio por el loco, ahora sentí amor. Inmediatamente sentí miedo de perderla para siempre.

Pensé en hablarle, y cuando me disponía a hacerlo, ella me contestó: —Gracias por venir, no te preocupes por lo que viste antes, es triste y puede que te amargue, pero es la naturaleza humana. El mal está en casi todos los hombres, lo que sucede es que no siempre se dan cuenta.

La situación era muy extraña y me resultaba familiar, iba a preguntarle si nos conocíamos de antes, cuando ella me interrumpió diciendo: —Siempre he estado aquí, y siempre estaré, pero también estaré contigo. Este es mi paraíso, donde no existe el temor, ni la duda. Ni el odio, ni el egoísmo. Pero para que esto siga así debo cuidarlo; por eso, si quieres estar conmigo debes venir a verme, pues yo no puedo salir.

A pesar de que no pude ver su cara, sé que derramó una lágrima. La vi caer lentamente sobre el pétalo de una de sus fresias. Estaba prisionera en lo que era su paraíso.

Conmovido por la belleza de este instante, decidí irme de ese lugar cuanto antes, esperanzado de que si así lo hacía volvería a verla pronto.

Vi la escalera nuevamente en el jardín y me dirigí hacia ella. Al pisar el primer escalón, el jardín, la huerta, y ella, desaparecieron.

Bajé la escalera, y al llegar arriba había una puerta. La abrí, y me encontré en Mercer Street.

Iba otra vez en el taxi. El conductor me despertó bruscamente de mi distracción preguntándome adonde quería ir ahora.

Al Chelsea, le dije.

New York City, enero, 1998

Seis toros bravos, la locura, y la muerte

Cuando todos los hombres de la
Tierra piensen, día y noche,
en el Zahir, ¿cuál será un sueño
y cuál una realidad, la tierra
o el Zahir?

J. L. Borges

El sol entraba por la rendija de la persiana que daba a la plaza, y pegaba contra la pared del fondo; justo contra esa pared donde estaba la vitrina en la cual Alvar Tot guardaba varios de sus pequeños tesoros.

Un elefantito con un billete en la trompa, un viejo manuscrito, un compás lleno de oxido, y unas piedras de colores, es lo único que recuerdo ahora.

El calor de enero era penetrante, aun en la penumbra, y un tenue olor a humedad mezclado con el café reconcentrado recién hecho, y el humo del cigarro de Alvar, hacían el ambiente algo insoportable.

Yo intentaba escribir.

Alvar Tot trabajaba, como siempre, incesantemente en su crucigrama con pistas.

Me lo había explicado muy claramente cuando accedió a que fuera a su casa a escribir:

—Tú vienes, pero esto no será como un taller literario. Te sientas, escribes, y luego yo lo miro. Mientras, yo haré mis cosas —me dijo.

—Está bien. ¿Pero cómo hago para escribir? —le pregunté.

—Muy fácil, te marco un tema, y sobre eso desarrollas una historia. El texto de alguna forma ya está en tu cabeza, existe antes que la escritura. El arte consiste en ponerlo en el papel sin dañarlo, y de forma que se entienda —aseveró.

—Lo intentaré —le aseguré—. ¿Sobre qué escribo? —pregunté.

—Mmmm —balbuceó—, sobre la locura, o sobre la muerte. Lo que quieras —dijo.

Precisamente en eso estaba, tratando de escribir, pero sin suerte, o sin que me viniera la inspiración, que es una de las clases de suerte.

De vez en cuando lo miraba de reojo, como implorando ayuda, esperando que se apiadara de su alumno; pero Alvar seguía en su sillón ensimismado con su crucigrama, y envuelto en una nube de humo.

Escribir sobre la locura o la muerte, ¿pero qué?, pensé.

Y entonces me acordé de Hemingway.

No sé porque relacioné a este escritor con locura, o con muerte, pero inmediatamente que me vino a la mente su nombre, pensé en mi país, y pensé en aquello que se dejaba entrever en Por quién doblan las campanas: la pérdida de libertad en cualquier parte del mundo es señal de que la libertad se encuentra en peligro en todas partes.

La libertad es, después de la vida, el bien supremo, concluí, pero como estoy harto de la política, y la libertad y la política tienen mucho que ver, aunque las dos tengan que ver con la locura y la muerte, decidí no escribir sobre ellas.

Pero enseguida encontré la conexión entre Hemingway y yo, y entre la locura y la muerte.

Esa conexión que, como dijo Alvar Tot preexiste en el cerebro y aflora imprevisiblemente para ser estampada en el papel, se llamaba Pamplona.

Yo viví feliz hasta que conocí y abandoné Pamplona. Ahora no hago más que añorarla. Viví en ella, y un día sin querer me fui. He vuelto a ella casi todos los años, como sea, pero despechada, se me resiste, me esquiva y se me escapa.

No importa dónde me encuentre, odio despertar por las mañanas y darme cuenta de que no estoy ahí, odio pensar que lejos están la Plaza del Castillo, la Estafeta, El Burgalés, la Cuesta de Santo Domingo, la calle San Nicolás. Odio no sentir en octubre el aroma a las endrinas frescas.

Detesto no pisar esas calles, que ya había pisado antes de conocerlas.

Pienso qué clase de locura será esta que no me deja olvidar esa ciudad, y cierro los ojos tratando de evadirme, y al cerrarlos veo una vez más multitudes de blanco con pañuelo y faja roja.

Pienso en Hemingway, y creo adivinar qué clase de locura lo llevó al suicidio: la que provoca la ausencia de Pamplona, y la certeza de que la muerte sin piedad y sin decoro te puede encontrar en cualquier sitio, y no precisamente en el callejón entreverado con los mozos y los toros.

—¿Terminaste? —me preguntó Alvar, interrumpiendo mi delirio.

—Creo que sí —le dije, dándole la hoja.

Caminó en la penumbra lentamente, cortando el haz de luz que entraba por la persiana y dejaba ver partículas de polvo suspendidas. Se quedó parado junto a su sillón, se acomodó los lentes, arrugó la hoja, y la tiró a la papelera.

—Esto no es una historia. Esto parece la página de un diario. Inténtalo otra vez —sentenció.

A Valentina.

Paranoia

Quis custodiet ipsos custodes

La vida en este mundo me está resultando aburrida. Todo parece girar en torno a la política, la economía, y por supuesto a las noticias. Antes la gente iba a misa todos los días, ahora su cita ineludible es con el telediario. El sumo sacerdote de la pantalla chica abre la ceremonia con un par de noticias buenas que te hacen sentir feliz de estar en este mundo terrenal que muy pocas veces se parece al cielo, luego toca el turno de quien habla de economía, que si sos del primer mundo, te hace sentir la cercanía del purgatorio al hablarte de los tipos de interés variable que aumentarán la cuota de tu hipoteca, y si sos de cualquiera de los otros mundos, te asusta contándote como remontó el dólar, o como aumentarán los combustibles, y te da la certeza de que el purgatorio puede ser casi un paraíso.

Pero en el tramo final, el sacerdote debe fidelizar a su rebaño, y eso solo se logra mostrándoles a los feligreses lo duro que es el infierno al que irán si dejan de concurrir a la diaria homilía, es decir, si dejan de ver el telediario. Para esto, enumera una a una las catástrofes mundiales, y los convoca a ser ciudadanos comprometidos; para eso, hay que ver el telediario y estar al tanto buen número de desgracias vistas en la televisión será digno del paraíso.

Allí está la verdad, allí te enseñan a quién temer, y a quién no, allí aprenderás los mandamientos que deberán regir tu vida.

Según en qué zona del mundo vivas, y en qué momento, será el sacerdote que te toque, y será la religión que te toque profesar. Por la libertad y contra la libertad son, resumiendo, los dos credos.

Pero puede que esto no sea así, y todo sea mi paranoia.

Una persona a quien conocí,[2] le dijo una vez a un periodista : "Los paranoicos tienen razón".

La teoría que sostenía esta persona a la que llamaré Sr. X, según mi interpretación, dice que quienes sufren de paranoia perciben, mediante su intuición, cómo son verdaderamente las cosas y las circunstancias, y tienen además una especial capacidad para detectar las intenciones ocultas de los demás.

Para el Sr. X dicha percepción arriba deformada a la consciencia de la persona que la padece, es decir, que lo hace en realidad como un sentimiento confuso, y la persona se equivoca precisamente cuando pretende darle una explicación a ese sentimiento. Al intentar establecer una conexión del sentimiento con algo material, o con determinada conducta de otra persona, es donde comienza la locura. El Sr. X siempre decía que tenía la misma clase de percepción, pero que no buscaba explicarla de esa manera, sino que se reservaba el dato hasta que los indicios reales aparecieran y le confirmaran el sentimiento. Cuando el indicio no se revelaba, el Sr. X se deshacía del sentimiento como producto de la paranoia.

---

[2] La entrevista con Mario Levrero estaba en la siguiente dirección: http:// www.laciudadletrada.com/Ficciones/Levrero/levreroent.htm.

de confiar, que responden a intereses ni siquiera visibles de titiriteros ni siquiera meramente visibles.

Los indicios reales que he recibido hasta ahora no dejan de confirmar este sentimiento.

Fase MOR

A mis abuelos que aún viven entre la niebla de Xerdíz

Soñé con Baza, y vi morir al hombre de Orce. Era España.

Soñé con la negrura de la noche, y la furiosa tempestad golpeando el Finisterre. Era España.

En mis sueños vi a Breogán, y vi a Milé contemplando a lo lejos las costas de Eire. Era España.

Vi una cruz dentro de un círculo. Era España.

Soñé con montes verdes, y vi erguido un fuerte roble. Era España.

Soñé con dos mujeres dando a luz a dos niños, eran Trajano y Adriano. Era España.

Vi a Pompeyo fundar una ciudad sobre una aldea. Era España.

Soñé con un campo de estrellas, y en mi sueño vi al hijo de Zebedeo preparar el camino que más tarde yo andaría. Era España.

Soñé con el río Ebro en una fría noche de enero, escuché el Gratia plena, y vi al Mayor, hincado ante el Pilar. Era España.

Vi una barca de piedra, y vi a su cansado navegante llegar a su reposo en Galicia. Era España.

Vi la gloria de Abderramán, y vi florecer Al–Ándalus. Era España.

Soñé con la gloria de Pelayo en Covadonga. Era España.

En mis sueños me pareció estar en Niebla, vi a Alfonso el Sabio, El Rocío, y al Vicario ya cansado. Era España.

Vi a Roldán caer en Ibañeta, y a Carlomagno llorarlo en Orreaga. Era España.

Soñé con la justicia y la templanza, y vi cabalgar al campeador. Era España.

Soñé con Fernando e Isabel. Era España.

Vi a Sancho, y luego a Carlos, en Olite. Era España.

Vi a un valeroso caballero cayendo herido, y viendo a Dios, defendiendo la ciudad de Pompaelo. Era España.

Soñé con tres pequeños barcos en el inmenso océano embravecido buscando su destino. Era España.

Soñé con la cruz, clavada en la arena. Era España.

Soñé con Cristo llegando a un mundo nuevo. Era España.

Soñé con Javier en Goa. Era España.

Vi a un manco romper folios, y volver una y otra vez a cargar tinta. Era España.

Vi a Velázquez inventando la abstracción. Era España.

En mis sueños escuché tocar a rebato la campana del monasterio de la Coelleira, vi correr la sangre templaria martirizada, y vi al paisano en Vicedo. Era España.

Soñé con el dolor y la muerte en un mes de mayo. Era España.

Vi a Pastor Díaz escribiendo Alborada, admirando los reflejos de la marea en la ría y soñando con la libertad. Era España.

Soñé con Cuba que se iba. Era España.

Otra vez vi confusión, locura y muerte. Era España.

En mis sueños vi una tarde de humo, sangre, y dolor. Vi una iglesia y un roble aún erguidos. Era España.

Soñé con Unamuno en Salamanca aseverando: "Venceréis pero no convenceréis", y vi a Millán salvándole. Eran las dos Españas. Era España.

En una pesadilla vi la bala que mató a Federico, y vi morir a Machado de tristeza. Era España.

Vi al gitano lamentarse en bulería. Era España. Soñé con una madre en Barbastro implorando a otra Madre por la vida de su hijo que sería Santo. Era España.

En mis sueños, vi a mi abuelo abandonando sus montañas sin volver la vista atrás. Era España.

Vi a Rosalía, que lloró por todos. Era España.

Vi la piedra en el paisaje, y vi a Oteiza. Era España.

Soñé con Ondarreta, y vi a Chillida meditando junto al Peine. Era España.

Vi a Cunqueiro soñando con Ulises. Era España.

Soñé con mi Galicia, vi a la Virxen Moreniña, y vi a Ramón Sampedro sonriendo y volando rumbo al mar. Era España.

En otra pesadilla, vi llorar a Nuestra Señora de Atocha, vi el azufre y el hierro retorcido, e imploré a Santiago por su eterna y divina protección.

Ya cansado de soñar, vi morir al sol en el mismo lugar en el que lo vio morir, aterrado, Junio Bruto. Era España.

Es España.

El Espejo

Otra vez he tenido un sueño.

En mi sueño me desplazaba por el mundo y por el tiempo a través de un espejo.

El espejo era la Puerta.

Me vi a mí mismo parado en mi habitación mirando el espejo en la penumbra de la madrugada, solo interrumpida por la luz de la luna que tímidamente se asomaba sobre la sierra del Perdón.

Me vi rígido mirando absorto mi reflejo, y en mis ojos vi el reflejo de mis viajes.

Vi una tierra sin esperanza, y vi la incertidumbre, y vi otra vez el espejo.

Al despertar, un vago recuerdo de mi sueño me hizo pensar en el espejo.

¿Son verdaderamente los espejos puertas a otras dimensiones? Creo que no.

¿Son verdaderamente los espejos puertas para viajar en el tiempo? No puedo afirmar que no.

Lo de la existencia de otras dimensiones es algo que escapa a mi capacidad de entendimiento, quizá un día mi suegro (que entiende de estas cosas) me lo explique.

Lo del tiempo sí que puede ser posible.

Robert Jordan pudo estar acertado cuando dijo que el tiempo es como una rueda con siete radios, y cada uno de estos radios forma una era. Cuando la rueda gira las eras cambian, sustituyéndose unas a otras, y van influyendo en las personas y en las sociedades, grabando en sus memorias individuales y colectivas recuerdos que con el transcurso del tiempo se convierten en leyendas y más tarde en mitos, para perderse definitivamente en el olvido cuando llega otra vez el momento del retorno de una era. Dijo también, que el entramado de una era cambia en forma muy leve cada vez que se inicia una nueva, y que está condicionado a cambios progresivos de mayor entidad, pero que las eras siempre vuelven a reproducirse.

Es allí donde está la capacidad del espejo, donde reside su principal misterio, mi principal temor.

Alcanza con que uno se levante por la mañana inocentemente, y que al afeitarse frente a él, sin tener el debido cuidado fije la vista un segundo en esa imagen que refleja.

Allí está la memoria individual y la colectiva, la leyenda y el mito, su testimonio ineludible del tiempo y su transcurso, su capacidad de mostrarnos nuestro viaje por esta dimensión, por esta era, con todos sus macabros detalles. Así como lo padeció Alice Raikes. Un adelanto de cómo será la otra dimensión, de cómo llegaremos a ella.

Una bomba en Berio

Estoy lejos de casa.

He venido hasta aquí otra vez a buscar algo que no sé lo que es, y como siempre no lo he encontrado.

¿Qué lleva a un hombre a querer cambiar definitivamente lo que hace y dejar el lugar donde vivió siempre?

¿El tedio?

¿El aburrimiento?

¿La necesidad de experimentar cosas nuevas?

¿La certeza de que el sitio donde vive está enfermo y nada bueno le depara el futuro?

No lo sé. Vine para aquí porque quiero ser escritor.

Antes quería ser pintor como Chingolo, pero esto de la escritura se me antoja un poco más fácil, y soy bastante haragán.

¿Qué probabilidades tiene uno de conseguir su objetivo?

El mero cálculo matemático de si lo lograré o no, me asusta.

¿Me estará traicionando mi inconsciente?

¿Será él quien me trunca?

¿O será el medio que no me parece hostil pero lo es?

He tratado por todos los caminos de tener ventaja en este juego, incluso he leído una y mil veces una traducción al gallego de Liber de ludo aleae, de Girolamo Cardano, un poco por superstición, y otro poco para tentar a la suerte, y no he tenido mayores resultados.

Aburrido de tanto esperar un desenlace, y luego de terminar de escribir un artículo, que me encargaron como periodista freelance, sobre la izquierda de Mundaka, me fui caminando a lo viejo, a tomar un vino en el bar Torres, el de toda la vida, y a pasar el tiempo de esa forma.

—Hola Borja, buenos días —saludé al dueño del bar.

—¿Qué tal hombre, cómo estás? ¿Te pongo lo de siempre? —preguntó.

—Sí, pero la tortilla que sea sin cebolla —aclaré.

Acto seguido tenía frente a mí el suculento pincho de tortilla, una copa de vino tinto, denominación de origen Navarra, y el diario de Navarra, (por aquí nadie acostumbra leer el Morning Lark) fiel compañero de solitarios visitantes de los bares.

Miré al pasar las ofertas de trabajo, esas que mira todo el mundo, y no reparé en ninguna. Primero, porque no me interesa trabajar para nadie, y segundo, porque la mayoría son una farsa. Me causa mucha gracia el estilo literario en que se escriben, parecen todas redactadas por escritores egresados de la misma escuela: "Importante empresa del sector X busca persona para desempeñar el cargo de Y, se requiere gran experiencia práctica comprobable, excelente formación técnica, inmejorable presencia, don de gentes, idioma inglés, ofimática, carné de conducir, vehículo propio, disponibilidad para viajar, y ser menor de veinticinco años". Menuda estupidez, pensé. No entiendo para qué gastan publicando estos avisos tan grandes, si luego contratan a algún conocido que no reúne ni tres de las características solicitadas.

Es este mundo que anda mal, sin duda anda mal, me convencí, y seguí leyendo el diario.

Me salteé el fútbol, porque aunque me simpatizan el Athletic, Osasuna, la Real, y Boca, en inverso orden de afecto, no le dedico ni un minuto de mi tiempo al deporte.

Me detuve en otro titular: "Explota bomba en Berio, Donosti, y muere un anciano que estaba sentado descansando", decía como al pasar relatando brevemente más abajo: "un artefacto de origen desconocido ha explotado en una calle del barrio donostiarra de Berio, matando a un anciano que descansaba en un banco luego de su caminata matinal. Nadie se ha atribuido el atentado, y la fuerza pública no ha podido determinar la responsabilidad ni el motivo del mismo."

¿Cómo se puede diagnosticar el grado de enfermedad de una sociedad? Me pregunté ante esto.

¿Por las pocas posibilidades que da a sus miembros de tener una vida aceptable? Como el lugar donde nací, que no es mi lugar de origen.

¿Por el grado de locura y el nivel de violencia, a pesar de la vida aceptable de sus miembros? Como en este lugar donde un pobre viejo inocente acaba de morir, convirtiéndose en un pequeño titular de prensa.

No lo sé.

Solo sé que ninguna respuesta me conforma. A esto no podemos haber venido al mundo.

17.
Estos son realmente los pensamientos de todos los hombres en toda época y país,
no son originales míos,
Si no son vuestros tanto como míos nada o casi nada son,
Si no son el enigma y la solución del enigma nada son,
Si no están tan cercanos como remotos, nada son.

W. Whitman, *Canto de mí mismo*

Minutemen

A mis amigos y a mí siempre nos gustó organizar viajes temáticos. En unos el motivo era esquiar. En otros, era bucear, hacer playa, tomar sol y cerveza, y caipiroska.

En este, era encontrar y probar el famoso yagué, o ayahuasca como le llaman en las cartas. Para esto, en lugar de ir a Colombia como lo han hecho tantos, decidimos ir a Yucatán, que sin duda es un sitio mucho más hospitalario que Colombia, menos peligroso, y donde para el caso de no encontrar yagué tendríamos otras cosas en que matar el tiempo.

Hicimos el viaje de Noáin a Barajas en el típico avión de Air Nostrum, esos que dicen son los más seguros, pero que verdaderamente te asustan por el ruido que meten sus hélices al comenzar a girar. Al principio creímos que no despegaría por la intensa niebla, pero, al parecer, el gobierno central finalmente había asignado la partida correspondiente del presupuesto general para modernizar los equipos del aeropuerto y permitir el despegue en condiciones climáticas desfavorables. Llegamos a Barajas con toda la ansiedad de estar en camino, y en la espera aprovechamos para comer un par de pinchos de tortilla, los últimos por quien sabe cuánto tiempo. Lo peor de salir de viaje siempre es tener que comer otras comidas, que no son ni cerca lo buenas que las de aquí.

El viaje transatlántico fue largo y tedioso como debe ser un viaje de este tipo.

Como siempre (es una maldición que me toca en todos los vuelos desde que tengo memoria) se sentó a mi lado un viajero conversador, que no paró de aburrirme durante todo el viaje con los cuentos de que iba a Dallas a visitar a su hijo que trabajaba allí en una empresa petrolera, y que tenía cuatro nietos, y que no le gustaba la comida norteamericana, y yo que sé que más. Para evitarlo, aproveché una de sus múltiples idas a buscar un sándwich al bar del avión, y comencé a hacerme el dormido.

Llegamos a Miami, bajamos del avión, hicimos aduana, vimos cómo las autoridades norteamericanas detenían a cuatro bolivianos que viajaban con nosotros y los metían a empujones en un cuartucho. Hay que estar jugado o desesperado para venir aquí sin papeles (los sudamericanos llaman papeles a los documentos), pensé.

El aeropuerto es muy moderno, pero muy feo, con mucho rosa y verde agua en la decoración. Totalmente de mal gusto.

Miami debe ser horrible, calculé, y escuchamos el llamado para embarcar en el vuelo que nos llevaría a Dallas, final de nuestro trayecto aéreo.

Subió con nosotros al avión un pasajero con cara de terrorista, y que para peor llevaba una mochila. No dejé de controlarlo durante todo el corto viaje. Sin duda la tele te hace ver fantasmas en todos lados.

Llegamos a Dallas.

Salimos del aeropuerto, y hacía un calor agobiante.

Nos registramos en el hotel y fuimos a buscar el coche de alquiler que teníamos reservado para hacer el viaje hasta Monterrey.

Esa noche recorrimos un poco la ciudad, comimos la comida típica del lugar, que no me gustó nada y me hizo añorar el ibérico y la tortilla, y con unas cervezas arriba nos fuimos a dormir.

Como no me gusta dormir mucho, dejé la tele prendida para que me hiciera compañía.

No sé a qué hora de la noche desperté sudoroso, y tuve miedo; se había roto el aire acondicionado del hotel, y el calor, la penumbra de la habitación, los reflejos de las imágenes de la tele, y la voz del presentador de la CNN hablando en inglés del último atentado de la banda de Bin Laden, conformaban una atmósfera digna de poltergeist.

Me levanté a la hora acordada, recogimos el auto y manejamos hacia Austin primero, a buscar a un amigo que vivía allí desde hace años, y luego hacia la frontera con México, con el plan de cruzarla, dirigirnos a Monterrey, dejar allí el coche, y seguir a dedo o en autobús.

Cuando faltaba poco para llegar a la zona fronteriza, nos pasó en la carretera un jeep con cuatro hombres, que visiblemente llevaban armas de fuego y vestían de civil, y con esos Ray Ban marciales que todo el mundo conoce. Ante la sorpresa que expresamos los demás, que nos quedamos encantados de cruzarnos con modernos cowboys, mi amigo de Austin nos explicó quienes eran estos tipos.

—Son las patrullas minutemen que vigilan la frontera para que no entren inmigrantes ilegales. Las forman militares, policías, y fundamentalmente funcionarios o trabajadores jubilados. La organización fue fundada por dos ex marines, y su tarea principal es la que les comenté de control de la inmigración, y por supuesto, prevenir ataques terroristas —comentó.

—¡No lo puedo creer! —exclamé¿Pero van armados? —pregunté.

—Sí. La ley los autoriza a portar armas siempre y cuando estén visibles —refirió mi amigo.

—¿Pero actualmente intenta entrar en forma ilegal tanta gente? —volví a preguntar.

—Sí —me contestó—. Si quieren podemos desviarnos un poco del camino e ir hasta la zona rural de frontera, allí podrán ver el drama —agregó.

—Vamos, entonces —contestamos todos.

Nos desviamos de la carretera principal y entramos en una secundaria que más adelante se convertiría en carretera de ripio, rumbo a la profundidad del estado de Texas.

Durante el camino, cruzamos a varias furgonetas que viajaban a gran velocidad, y a cuyos conductores se les notaba una mirada recelosa. Según nos dijo, podrían ser traficantes de inmigrantes.

Más adelante, bajo el intenso sol, llenos de polvo hasta en el alma, encontramos a varios grupos de latinos (no sé si todos eran mexicanos) que caminaban en sentido contrario.

Finalmente llegamos a la línea de frontera, y en una zona cercana a esta vimos el campamento de los minutemen. Era verdaderamente un campamento militar.

Vehículos cuatro por cuatro, cuatriciclos todo terreno, y estos modernos cowboys armados hasta los dientes.

Nos miraron de reojo, pero cuando nos acercamos, y mi amigo, que ya es un yankee con todas las de la ley, les dijo que éramos turistas europeos, les cambió la cara, y hasta nos invitaron con unos tragos de bourbon.

—¿Qué le encuentra de atractivo a esta actividad? —le pregunté a uno de ellos que llevaba sombrero de cowboy y botas tejanas.

—Nada. Es mi obligación como ciudadano de los Estados Unidos proteger nuestra frontera de los ilegales y los terroristas —me contestó.

—¿Pero el gobierno no hace lo suficiente? —interrogué nuevamente.

—Yo creo que el presidente hace lo correcto con la guerra que mantiene en Irak para poner fin al terrorismo, pero me parece que es demasiado blando con los ilegales que vienen a quitar el trabajo de los americanos. Luchamos por defender lo nuestro —respondió.

No insistí más, porque sin duda el hombre estaba convencido de lo que me decía, y tenía pinta de tipo rudo al que no conviene hacer enojar.

Some people are alive
simply because it´s illegal to kill them.

Rezaba la camiseta de mi simpático interlocutor, por lo que acepté nuevamente un trago de bourbon, y no pregunté nada más, solo me limité a escuchar sus maravillosas anécdotas.

En cuanto pude, convencí a mis amigos de irnos de ese horrible lugar al que no sé a qué habíamos ido, y comenzamos andar el camino de regreso.

Cruzamos nuevamente a los que iban caminando, que seguían con la misma cara de cansados.

Llegamos al puesto fronterizo, hicimos la aduana del lado norteamericano y del lado mexicano.

Nos revisaron exhaustivamente, como si aún fueran los sesenta, y seguimos nuestro camino rumbo a Monterrey.

Monterrey es una ciudad que no me gustó absolutamente nada. México tiene algunas cosas lindas, porque alguna vez fue español, pero no demasiadas.

En general sus ciudades me agobian.

Dejamos el coche en la compañía de alquiler, y nos registramos en el hotel.

También hacía calor, y el aire acondicionado estaba roto desde hacía tres años, nos comentó el empleado de la recepción.

El resto del día no vale la pena contarlo, porque es fácil de imaginar.

Tequila. Gusano. Tequila hasta quedar ciegos.

Fue precisamente en el bar de Monterrey, donde habíamos quedado ciegos, que conocimos a Timoteo.

Timoteo era un viejo norteamericano que decía haber sido amigo de Allen Ginsberg y Kerouak, que había quedado anclado en el tiempo en Monterrey, desde aquellas épocas de las andanzas de los beatniks, en las que insistía en incluirse. Era muy gracioso, ya que aún vestía como en los sesenta.

—Yo consolé a Bill cuando el accidente de su mujer —repetía, intentando llamar nuestra atención.

—Que sí, que te creemos Tim —le contestábamos burlonamente.

—¿Por qué no nos invitas con alguna sobra de aquellas épocas? —le incitábamos, y él nos miraba como estudiándonos.

—Ustedes no tienen ni idea de qué va todo esto de las drogas —nos dijo

—¿Cómo que no? —le gritamos.

—Que no. Se piensan que solo es diversión y evasión de la realidad. Y no se detienen ni un segundo a pensar por qué son ilegales, por qué las autoridades persiguen a los que las plantan, fabrican, consumen, etcétera. Yo sigo convencido de que tanta represión se debe a que la mayoría de las libertades de las que se disfruta en el mundo occidental son consecuencia directa del cambio operado en la mente de las personas gracias a ancestrales plantas que ampliaron, desde siempre, la percepción de las cosas a quienes las emplearon, y más aquí gracias a los productos químicos que simulan con éxito estos efectos. Ya lo decía Bill —acotó—. Recuerdo muy claramente una discusión entre él y un doctor norteamericano que sostenía que las drogas psicodélicas nos someten a varios estadios de percepción y experimentación, y que la utilización de las mismas es una actividad totalmente filosófica que nos hace confrontar la verdadera esencia de la realidad y la forma de nuestros débiles y subjetivos sistemas de creencias. Siendo lo más jodido enterarse de repente que estuvimos programados durante todo el tiempo, y que todo lo que normalmente consideramos real es nada más que una construcción artificial de la sociedad —dijo.

Ante menudo y sustancial rollo, recuperamos la vista, y sin duda comenzamos a prestarle atención a este personaje. Primero, porque si después de todo esto no tenía yagué, seguro tenía algo parecido, y segundo, porque de alguna forma parecía estar convencido de lo que decía, y parecía tener razón.

Recordé en ese instante haber leído algo que en algún momento escribió o dijo Octavio Paz en el mismo sentido, y se lo comenté a Timoteo.

—Sí. Recuerdo perfectamente lo que sostenía Paz, y es más, recuerdo que lo leí en una publicación que se llamaba Corriente Alterna o algo así —dijo, y continuó:

—Para Paz, la verdadera razón de la prohibición del consumo de drogas, especialmente de las psicodélicas, era que la autoridad no actúa para reprimir algo delictivo o una práctica indebida, lo hace para eliminar una disidencia, lo que no es lo mismo. El centro de la preocupación no es la práctica en sí, sino la disidencia que puede extenderse por la sociedad, y es por eso que la lucha contra la droga toma forma de lucha contra un contagio del espíritu, y la autoridad se transforma entonces en inquisidora, persigue una herejía, no solamente algo penalizado por la ley.

—Yo pienso casi lo mismo —contesté (a esta altura ya me había enrollado en la discusión, o más bien monólogo—, pero la cosa concreta es que todo ese universo de estímulo de la percepción y apertura de la mente a otros universos ajenos a las creaciones sociales se perdió con el espíritu de los sesenta y los setenta, hoy la gran mayoría de los que consumen drogas lo hace motivados por el mismo consumismo que los lleva a comprarse un nuevo teléfono móvil y unas zapatillas, o por el simple acto reflejo de ignorantes propensos al delito. Por lo cual esta discusión no tiene sentido —dije.

—Sí, es verdad —aseveró Timoteo, y nos invitó a ir a su casa.

Su casa quedaba a pocas cuadras del bar cercano al hotel en que lo conocimos.

Era un departamento de dos habitaciones, con muebles rejuntados y bastante avejentados. Un ventilador de techo giraba parsimoniosamente repartiendo el aire caliente por toda la habitación, y generando una sombra intermitente al cortar el haz de luz de la única lámpara que había en el ambiente.

La púa del tocadiscos saltaba permanentemente al haber finalizado la cara B de un disco de los Dead, y yo usaba como cenicero una caja de cinta de video abierta que una vez había contenido una copia original de Performance.

Timoteo se durmió para siempre mirando titilar los neones de la calle en un sofá destartalado.

Mis amigos no sé cuando se fueron.

La semana pasada cumplí cincuenta y ocho años, y nunca más regresé a España. Aún hoy no he podido adivinar que fue lo que pasó. Aún hoy no he podido determinar si todo fue real, ni si alguna vez viví en España.

Esta noche bajaré al bar, y si encuentro alguien que me escuche, también le contaré cómo yo fui un auténtico beatnik.

Sin salir de casa

11/9/2001

Hoy unos hijos de puta han tirado las torres del WTC. A mediodía he salido y caminado por la Séptima Avenida, sabiendo perfectamente que el mundo tal como lo conocí acabó esta mañana.

Igual se deben haber sentido quienes vieron a la turba avanzando aquel 14 de julio en París.

"¡Qué desazón desconocer cómo será el mañana!" me dije, y volví a casa seguro de que algo más iba a pasar.

20/11/2005

Han transcurrido cuatro años, dos meses, y nueve días desde aquella mañana.

Desde entonces no he salido más de casa. Simplemente me ha sido imposible. El miedo me ha paralizado.

He pensado hacerlo muchas veces, y siempre lo he pospuesto para el otro día. Algunas veces por el estado del tiempo, y otras porque en la tele han avisado que tal o cual político estaría en la ciudad, y eso siempre agrava las cosas.

En algunas oportunidades, incluso, he llegado a abrir la puerta y mirar hacia el pasillo, y contar los pasos que hay hasta el ascensor, y pensar cuánto demoraría en venir, y cuánto tiempo estaría encerrado en él viajando hacia el portal. También he pensado cuántas posibilidades de dar vuelta a la manzana con éxito puedo tener. Sinceramente creo que son pocas, en la tele han dicho que el barrio está difícil.

Por las mañanas duermo, y María (la mucama que es de Buenos Aires) viene a limpiar, traer las compras, y hacerme la comida.

En estos cuatro años, solo la he visto una vez al mes para pagarle y darle el dinero de los gastos.

Dice que Buenos Aires está peor. Yo no le creo.

Por las tardes leo; hoy he empezado a leer un poema de un libro que me trajo María en el último viaje que hizo a la Argentina, y por miedo a lo que leí (no tuve el valor de continuar), lo he dejado:

No habrá nunca una puerta.

Estás adentro y el alcázar abarca el universo y no tiene ni anverso ni reverso ni externo muro ni secreto centro.[3]

Por las noches aprovecho a ver la tele. Es la mejor hora, porque no pasa nada, y los informativos a esa hora están bien actualizados. En un cuaderno voy anotando todos los atentados que ocurren y el número de víctimas. En otro, llevo un registro de calamidades de origen indeterminado, y también del número de víctimas. Creo haber encontrado un patrón en todas ellas, y creo adivinar que hay alguien detrás.

A veces logro esforzarme, y me asomo un rato por la ventana a ver la gente caminar por las veredas.

Desde aquí arriba la perspectiva hace que no se vean como personas, sino como puntos negros que se mueven frenéticamente sin un orden lógico que determine sus movimientos, salvo los cambios del semáforo.

---

[3]   Laberinto. J. L. Borges.

He detectado varios rituales, sobre todo a la hora de entrar a trabajar, los puntos negros se mueven más rápidamente; por la tarde el ritual se enlentece, parece que les da pereza ir a sus casas, o pena dejar de producir. El caos y el orden coexisten en la acera.

La tragedia puede estar otra vez a la vuelta de la esquina, y los puntos negros parecen olvidarlo (¿o ignorarlo?). Solo buscan su oportunidad. Solo esperan el golpe de suerte que los arranque de la rutina de ser puntos negros condenados a ir y venir.

No puedo distinguir los límites de la ciudad.

Desde aquí no logro ver el muro que en oriente debe cubrir el horizonte, ni a occidente el abismo insondable.

Tampoco veo la fertilidad del sur, y los yermos del norte, ya no ocultan la anti-ciudad que soñaron los Strugatski, ella ya está aquí. Está entre nosotros, incluso ha penetrado en las casas.

A esta altura no recuerdo ya quién era. Ya no recuerdo cómo era mi ciudad. Ni cómo era mi mundo, ni mi época.

Ya no recuerdo qué era más reprochable, si la causa del miedo, o su consecuencia.

Aquí está el miedo, y con miedo moriré.

Sin salir de casa.

God bless America

La muerte del General

El pasado no está detrás de nosotros, como suele
creerse, sino delante.

Zorrilla de San Martín.

31 de agosto de 1904

Ya está entrada la noche, y el rocío cae sobre la
carpa. Siento relinchar al tostado, parece estar inquieto.

Escucho a lo lejos las conversaciones de la guar-
dia, recuerdan las hazañas de Mansavillagra, Illescas,
y Tupambaé. Marco con los dedos sobre mi barriga el
ritmo de la respiración de Nepomuceno. Tengo frío, el
poncho no me abriga. No puedo dormir. Me desvela
equivocarme.

La decisión ya está tomada. No enfrentaré en vano
a las tropas del ejército. No le daré a Batlle la posibilidad
de derramar más sangre. Es preferible pactar la paz. Las
condiciones que hemos conseguido son muy buenas, y,
si nos enfrentáramos en el campo de batalla, por más
que ganáramos conseguiríamos lo mismo, la naranja
partida en dos, pues no somos absolutistas; y todo eso
a costa de sacrificar lo más sagrado: nuestra gente y la
de ellos, que también es oriental.

He enviado cuatro divisiones al Paso de la laguna para entretener y atraer a Galarza, y si esto ha salido bien, la distancia entre su ejército y el de Vázquez hará que no se puedan socorrer.

He visto que la vanguardia no hizo bien su trabajo. Yo mismo, ayer por la tarde, crucé unos tiros de revólver con un destacamento en el que me dijeron iba Ruprecht. En un rato, pondremos rumbo a Rivera, y si es necesario para no combatir, lo haremos por Brasil.

—Las condiciones del desarme ya son de su conocimiento —dije a los jefes.

—Pero General, ahora que estamos bien armados, y con más municiones, no deberíamos dejar escapar al enemigo —me increpó uno de ellos.

—Ustedes son los jefes del ejército, y yo el General, la responsabilidad máxima corre por mi cuenta, pero aquí lo que ustedes (que me han acompañado a lo largo de toda la campaña) digan es tenido en cuenta. Ya conocen mi posición. Esta es una guerra por la libertad, no por el poder —contesté.

—Entonces, lucharemos por la patria —corearon los jefes.

—Muy bien —dije con firmeza, y agregué:

—Tengan en cuenta que nuestra vanguardia no cumplió con su objetivo, y los colorados han tomado los cercos dobles de piedra que salen de Masoller por la Cuchilla de Haedo. La naturaleza del terreno no nos dejará desplegar toda la fuerza de nuestro ejército, no podremos usar todas las divisiones; apoyados desde la Cuchilla de Belén, y mirando al sur y al este, tendremos que combatir de frente a los cercos de piedra y al Cerro de los Cachorros con el objetivo de quebrar su retaguardia. Las fuerzas que lo hagan recibirán fuego enemigo de dos lados. Realmente no lo sé —comenté transmitiendo mi duda.

—A pelear, ¡por la patria! —repitieron los jefes, mientras Nepomuceno me miraba emocionado.

La batalla comenzó a media tarde y fue tremenda.

Veía zumbar las balas, se escuchaban las explosiones y los quejidos por doquier.

Vi caer a la gente del Coronel García, vi desde lejos como moría Gabino Valiente, y cuando hirieron de muerte a Antonio Mena.

En una carga feroz de los nuestros, a punta de lanza, vi como mataban de un balazo en el pecho a Pedro Damián, quien avanzaba como una fiera al grito incomprensible de ¡Viva Urquiza!

En esto estaba, cuando en una recorrida por el frente, animando a los soldados a ocupar las posiciones ganadas al enemigo, sentí el tenebroso silbido. Era el presagio de la muerte.

Sentí que me quemaba, y como si una lanza me traspasara el vientre de izquierda a derecha. Allí mismo caí tumbado entre tantos héroes que yacían sin consuelo.

Mis leales me cargaron, y me llevaron al otro lado de la frontera, a una estancia amiga.

Me sentía desorientado, perdido, no entendía dónde estaba.

Sudaba, tenía frío. Recuerdo a Lussich agarrándome la mano y diciendo: "tenga fuerza, tenga fe mi General".

Yo intentaba mirarle a los ojos.

Sé que pasaron varios días, escuchaba entre sueños hablar de la derrota, hablar del desbande.

Nadie hablaba de la paz. Nadie recordaba a la libertad, que era la causa. Nadie.

Hoy me siento un tanto mejor.

Tengo algunos dolores pero el bueno de Lussich hace lo imposible por aplacarlos.

Miro a mi alrededor y siento calma, siento que la paz ya se acerca, y le encuentro sentido a todo esto.

Tendremos un país nuevo. No en vano se ha derramado tanta sangre.

Es la hora. Por la patria.

El sueño me embarga, cierro los ojos, y me dejo ir.

A mis abuelos orientales.

En el corazón de las tinieblas

Era un día caluroso, muy caluroso. Un día ideal para sumarme a la revolución.

Nací en Santiago de Cuba, en una familia pobre y digna como eran, y son, casi todas las de Cuba.

Mi padre era herrero y mi madre se dedicaba a limpiar algunas casas.

Tuve una niñez feliz, pero inmediatamente que fui adolescente me sentí agobiado.

El tedio de ese lugar, el aburrimiento, y la falta de perspectivas eran desesperantes.

Imaginaba mi vida futura, y me veía transpirando y dando forma a hierros calientes para otros, como mi padre, con el único fin de poder dar un pasar medianamente digno a los hijos que aún no había engendrado.

Me parecía terrible esa predestinación, y precisamente en ese momento apareció el Comandante con su revolución. No lo dudé.

Ser parte de este grupo de héroes que terminarían con todo lo malo de mi país era una tentación irresistible, algún día, si lograba ser lo suficientemente valiente y comprometido, podría ser como el argentino, ese al que llamaban Che.

Inicié mi camino en el Partido, y luego como funcionario.

Como miembro del Partido, me tocó ser del Comité de Sanidad Ideológica.

En el Comité analizábamos las denuncias que los ciudadanos nos hacían llegar sobre otros ciudadanos que aún no interpretaban bien los cambios del país, o que simplemente no se adaptaban a ellos.

Aunque parezca increíble, muchos no entendían la nueva democracia. ¡Es que fueron tantos años de dictadura con Batista!

Luego de evaluar qué denuncias tenían mérito, dábamos trámite a las mismas haciendo llegar las constancias a la Policía Política, que era la que se encargaba de las detenciones de los antirrevolucionarios, de los interrogatorios, y de los traslados a los centros de reclusión.

Por mi experiencia en el Comité, conseguí un trabajo de funcionario en el sistema judicial cubano, vinculado al mismo tema.

Lo mejor de todo esto fue que tuve que ir a estudiar a Moscú, ahí sí que estaban preparados y adelantados.

Aprendí un montón de técnicas para el bien de mi país y de la revolución.

Una vez (a los pocos meses de haber regresado de Moscú), me tocó interrogar al hijo de una de las personas a las que mi madre limpiaba la casa cuando yo era niño.

Su nombre era Jorge.

Lo había denunciado un compañero del Partido que vivía junto a su casa. El muy desgraciado escuchaba una radio yankee con un receptor de fabricación casera.

Y lo que era peor, a veces invitaba amigos a su casa a escuchar varios programas y a comentarlos.

Todo el mundo sabe que eso no es bueno.

En esos programas se dicen cosas de nuestro país y del gobierno que no son ciertas.

Todos sabemos que Cuba no es un país rico, y que algunas personas no lo pasan del todo bien, pero la revolución no puede hacer nada contra el capitalismo salvaje que desde afuera nos asfixia.

Pero bien que gracias a la revolución Cuba es uno de los países que tiene los mejores médicos, y donde la gente es más culta.

Eso no lo logra el capitalismo.

Eso solo se da aquí, por nuestro espíritu de lucha.

Estuve viendo a este traidor varios días en la comisaría, y luego me tocó ir a interrogarlo a la cárcel de Ariza, para completar algunos baches en el expediente.

Me parece ejemplarizante el trato que se les da a los antirrevolucionarios, sobre todo a los que son como Jorge, que cuando niño se comía el alimento de los pobres.

Es una dureza digna que la revolución cuida muy bien de que la sientan.

Una dureza que purifica.

Le han dado veinte años de cárcel, y a los otros dos que iban a su casa a escuchar la radio, como no eran los propietarios, solo les dieron diez.

Ya lo dijo el Comandante: el que las hace las paga.

The hunter and the hunted

El taxista

Él era de esos que en el colegio agachan la cabeza y cierran los ojos antes de recibir el golpe.

Manejando el taxi todo era distinto. Se sentía un dios. Corría por las avenidas, pasaba los semáforos en rojo, doblaba en las esquinas sin frenar, cruzaba las bocacalles raudo sin mirar. Una y otra vez lo venía haciendo desde que se había hecho del taxi hacía dos días, y con cada transgresión ganaba más confianza en sí mismo. Cada vez más, estaba seguro de su destino, y de su buena estrella. No era casualidad que no se accidentara, era su capacidad.

Santa María Madre del Amor Hermoso

La blanca imagen de la Virgen, seguramente tallada en marfil por el anterior conductor, o traída por este de algún viaje, colgaba del espejo central del auto y se bamboleaba con cada curva, con cada arranque, con cada frenada.

Ella

Ella discutía con la vendedora de Vuitton. No podía ser que el bolso que había encargado demorara tanto en llegar. Ya había pasado casi una semana. ¿Cuánto

83

demora un paquete en llegar desde París a Buenos Aires? Pensaba.

El taxista

Frenó intempestivamente en una esquina, sin que nadie le hiciera la clásica señal para parar un taxi.

Necesitaba un respiro. Se tocó la nuca como buscando algo, y luego se miró los dedos, como revisando que todo estuviera bien. Se fumó un cigarro sin abrir la ventanilla, y una vez que terminó, se untó la cara con crema de extracto de baba de caracol para eliminar el acné, y arrancó el auto nuevamente a toda máquina, para frenar en otra esquina, a no más de dos cuadras. La radio no sintonizaba bien, y estaban pasando su canción preferida: Me against the music, de Britney Spears, ya que él no era de los que escuchaban esa basura comercial de Baby one more time. Cuando iba a arrancar nuevamente quedó extasiado mirando un perro que no se decidía en cuál lado del árbol iba a hacer lo suyo, miraba para un lado, miraba para el otro, amagaba con ponerse en esa posición en que se ponen los perros para esto, amagaba para el otro, y babeaba, por supuesto. Se calentó por la indecisión del perro que le demoraba el espectáculo, y cantando con Britney arrancó violentamente.

Santa María Madre del Amor Hermoso

La blanca imagen de la Virgen que colgaba del espejo central del auto se continuaba bamboleando con cada curva, con cada arranque, con cada frenada intempestiva.

Ella

Cuando irritada se disponía a irse de la tienda, se dio cuenta de que había perdido su brazalete Bulgari. Todo le salía mal. No había llegado el bolso que necesitaba sí o sí para el té del viernes en lo de Maite, su marido no había accedido a acompañarla de compras para no cargar con las bolsas y el aburrimiento y, para peor, había perdido el brazalete que le regalaron sus padres cuando se graduó en Boston. Hubiera sido mejor no salir de casa, pensó, y resignada se paró en la esquina de Posadas y Rodríguez Peña a llamar un taxi. Haciendo la clásica señal.

El taxista

Sonaban los acordes finales de Me against the music cuando la vio allí parada cargada de paquetes. Indefensa, esperándolo como él lo había soñado tantas veces. En un instante pensó en todo lo que le diría, en todo lo que haría.

Raudo bajó la bandera, y acudió al llamado de la chica que le hacía la clásica señal. No se arrepentiría de este viaje. Frenó bruscamente para que ella subiera.

Santa María Madre del Amor Hermoso

La blanca imagen de la Virgen, que colgaba de un hilo del espejo central del auto y se bamboleaba con cada curva, con cada arranque, con cada frenada, giró en el aire con la brusca frenada alrededor del espejo, y volvió a quedar colgada casi en la misma posición. El hilo, rozaba ahora uno de los vértices del espejo.

Ella

Sin siquiera mirar la cara del taxista, subió al auto verificando que no se le hubiera caído nada al piso, y le dijo: "A Pilar, cuando estemos llegando te digo la dirección". En el preciso momento en que el taxista iba a hablarle, sonó su celular. (En lugar del clásico ring, le había programado el estribillo de Heart of Gold de

Young). Era Maite que la llamaba para ver dónde cenaban esa noche, y en espera tenía una llamada de su marido. Ya habrá terminado el partido de polo, pensó, y al advertir que por el espejo el taxista la miraba, se cerró aún más el escote.

El taxista

No soportaba más el tono frívolo de la conversación telefónica. Quería que cortara ya. ¿Para qué lo había parado? Pensaba. ¿Para esto? ¿Para no darle prestarle atención y pasarse hablando por teléfono todo el viaje? Ya le daría su premio al llegar, pensó tocándose la nuca con la mano derecha y mirando luego sus dedos para verificar que no hubiera sangrado. Ya no soportaba esta situación. Ella ahora le pertenecía. No había podido tener a una como ella en el colegio en el que había estado becado, porque esas chicas no eran para tipos como él. No había podido tener una vida como la de ella, o la de su marido, porque no alcanzaba con ir becado a esos colegios para tener una de esas vidas, había que ser uno de ellos para lograrlo.

Había sido el mejor de su clase, ¿y dónde estaba? Manejando un taxi. Pensaba. Haría justicia por él, y por todos los que eran como él. Y mientras seguía manejando con rabia, porque ella no cortaba y seguía discutiendo en qué lugar de Las Cañitas cenarían esa noche, pensaba en lo que le haría. En cómo se lo haría.

Santa María Madre del Amor Hermoso

El hilo del que colgaba la blanca imagen de la Virgen comenzaba lentamente a deshilacharse con cada bamboleo que esta hacía con cada curva, con cada arranque, con cada frenada intempestiva.

Ella

Maite insistía con cenar en un nuevo restaurante sueco, pero a ella no le convencía. En realidad estaba preocupada por como conducía el taxista. Mientras hablaba por teléfono no paraba de rebotar en el asiento trasero del taxi. Sus paquetes se habían desparramado varias veces, y para colmo ese hombre no le sacaba los ojos de encima. Con la mano que le quedaba libre, cuando no agarraba las bolsas, volvía a cerrarse el escote, o a estirarse la pollera más hacia la rodilla. Cuando estaba en eso, advirtió que el auto abandonaba el camino normal que hace todo el mundo cuando va para Pilar.

¿Para dónde me lleva? Preguntó, y no obtuvo respuesta

El taxista

Te llevo a un lugar en el que podamos estar tranquilos, pensó mientras se concentraba en la curva que parecía más pronunciada de lo que era, por la velocidad con que la había tomado. Te llevo a un lugar donde vas a conocer a un hombre de verdad, siguió pensando, mientras calculaba la distancia que lo separaba del ómnibus que iba adelante, y hacía otros cálculos para rebasarlo.

Santa María Madre del Amor Hermoso

La blanca imagen de la Virgen, que colgaba del espejo central del auto, de un hilo deshilachado, no aguantó más el bamboleo de cada curva, de cada arranque, de cada frenada intempestiva. El hilo se rompió, y la imagen de marfil salió despedida rompiendo el parabrisas con un estruendo que asustó a conductor y pasajero, cayendo al piso, e incrustándose entre el pedal del freno y la carrocería.

Ella

No podía creer lo que le estaba sucediendo. Algo había roto el parabrisas, e iban a chocar contra la parte trasera del ómnibus que iba adelante.

El taxista

Había apretado el acelerador a fondo para pasar al maldito ómnibus, y llegar a casa a darle su merecido a esa desgraciada. Y justo cuando estaba en esto, estalló el parabrisas. Desesperado, supo que su buena estrella había llegado a su fin, otra vez más las cosas no salían como estaban planeadas. Intentó apretar el freno, pero no funcionaba, estaba trancado. Vio cómo la parte trasera del ómnibus se le venía encima. Sintió el golpe seco del choque. Vio cómo la trompa del auto se encogía, y sintió cómo el volante lo comprimía contra el asiento aplastándole el pecho hasta dejarlo sin respiración.

Santa María Madre del Amor Hermoso

La blanca imagen de la Virgen, que hasta hacía muy pocos instantes había colgado del espejo central del taxi, yacía ahora sobre el pavimento.

Ella

Aún estaba aturdida por el golpe, pero no se había lastimado. La parte trasera del taxi estaba intacta, solo se había destruido la trompa, y el sitio donde viajaba el conductor, que yacía muerto, según le dijo el médico que la ayudó a bajarse y a juntar sus bolsas.

—Es un peligro andar en taxi —comentó el médico.

—Sí, algunos taxistas manejan muy mal —contestó ella, mientras seguía buscando en sus bolsillos el brazalete Bulgari.

Nosotros mismos

Sin querer (otra vez más) me encuentro sentado nuevamente en el consultorio de mi terapeuta (que fue al baño).

No sé qué es lo que vengo a hacer aquí, realmente detesto a este tipo, y detesto hablar con él.

Miro el reloj, y veo que ya han pasado quince minutos. ¡Qué alivio, lo tendré que soportar la cuarta parte menos que la semana pasada!

Escucho la cisterna, se acabó el recreo, ahí viene.

—Buenas tardes Francisco, ¿cómo te ha ido? —me dice, repitiendo su introducción de todas las semanas.

—Muy bien, como siempre —le contesto.

—¿Cómo siempre? —me pregunta.

—Ufa. Ya empezamos con los rollos —pienso. —Sí como siempre —le contesto.

—Bueno, es que siempre me decís que te va bien, y luego... —me atormenta.

—¿Y luego qué? —le pregunto.

—Y luego no es tan así. Para que esto sirva tenés que sincerarte —me dice.

—Lo intentaré —contesto de mala gana.

—¿Qué pensás del amor? —me pregunta.

No puedo creer las preguntas que hace este idiota al que le pago para que me complique. Pienso. Y le contesto "qué" pienso del amor: —pienso que es un sentimiento más como los otros, que opera solo a niveles individuales

89

(salvo una sola manifestación) y en diferentes grados evolutivos de exteriorización, y para algunas pocas situaciones de interrelación, pero que está mitificado por el arte, pero que eso es todo un verso. Ningún personaje histórico excepto el Nazareno ha muerto por amor, ni nadie hace nada verdaderamente heroico por amor, salvo que sea para beneficiar a alguien muy directo —le digo.

—¿Cómo es eso? —me pregunta nuevamente.

—Es muy sencillo. Todas las personas aman a alguien o a algo en determinados momentos de sus vidas.

Y el grado de ese amor evoluciona, de acuerdo con la interrelación y con la edad y la experiencia de vida de la persona. Así el niño que ya es consciente ama sobre todas las cosas a su madre y a su padre, y a sus abuelos, y luego a sus hermanos (aunque a estos casi siempre sin saberlo).

Luego en la adolescencia ama a su grupo de amigos, y en seguida que sale de ella ama a su pareja. Luego amará por sobre todas las cosas a sus hijos. Y más tarde se dará cuenta de que el amor es en todas esas expresiones una manifestación de la obra de Dios en el mundo, por lo que amará a Dios por sobre todas las cosas, pues el amor de Dios es el único amor que comprende a todas las cosas (y mientras hablo pienso en la gracia increada que explicó Segundo, y en el peregrino y en Franny, repitiendo sin cesar la Oración de Jesús), y es el único amor que al expresarlo no excluye el amor a la pareja, ni a los hijos, ni a los padres, ni a los abuelos, ni a los amigos —le contesto.

—¿Solo se pueden amar a las personas? —insiste.

—Y a Dios. Es imposible amar otras cosas, pues el resto de las cosas son obra de Dios, pero no obra de su amor como es el hombre. Por lo tanto, es imposible amar a un país, por ejemplo. Bueno, a algunos países —me corrijo, y cuando voy a continuar, me dice:

—Lo siento Francisco, ya se ha acabado tu tiempo. Nos vemos la próxima semana.

El porvenir

No cuenten nunca nada a nadie.
En el momento en que uno cuenta cualquier cosa,
empieza a echar de menos a todo el mundo.

J.D. Salinger

Era lunes.

Sonó el despertador a las cinco menos cuarto de la mañana.

A trabajar otro día más.

Maldita vida de trabajo.

Me levanté luego de dormirme otra vez por quince minutos más, me bañé rápidamente y me vestí. Desayuné escuchando las noticias en la radio que siempre te ayudan a darte cuenta de que ese optimismo que te viene mientras te bañás, es una ilusión óptica (nunca podrás cambiar tu vida), y miré por la ventana.

Hacía frío y aún era de noche.

No andaba nadie en la calle.

Agarré el bolso con las cosas, bajé las escaleras y me fui a la parada a esperar el autobús sabiendo que sería protagonista de esta escena seis veces a la semana durante los próximos cuarenta años, con suerte (si seguía teniendo trabajo).

Mientras tanto iría viviendo.

Que este país es una maravilla de oportunidades.

Tenemos un piso recién comprado que es una joya, tiene dos baños y una pequeña terraza en la que sentarme a mirar para abajo en verano.

También tenemos un auto que tiene hasta climatizador, y en el verano pasado nos fuimos quince días a Cuenca a pasarlo a lo grande.

Así la iré llevando hasta la merecida jubilación. Ahí sí, cuando sea viejo lo pasaré de puta madre, ahora en la juventud es el momento de aprovechar a trabajar y construir el porvenir para los hijos, y luego a disfrutar.

Tiene razón el del banco, meter el auto y el viaje en la hipoteca fue el mejor consejo que me han dado, así mes a mes voy pagando y veo el fruto de mi trabajo consolidarse.

Ya lo disfrutaré cuando sea viejo. Llegó el autobús y me subo.

El asiento de siempre, ese que no es doble, está vacío. Por suerte. Odio ir sentado con otras personas.

Me estaba quedando dormido, y una gorda que se paró junto a mí en el pasillo me despertó de un pechazo al tropezar en una frenada imprevista.

Maldita gorda, me ha quitado el sueño, y para peor ahora se pone a hablar con otra tan gorda como ella.

—¿Qué tal, cómo estás Begoña? —dice.

—Muy bien y tú. ¿Qué es de tu vida? —le contesta la otra.

—Nada, muy bien.

—¿Y tú marido?

—Pues nada, ahí anda, deprimido por lo del padre.

—¿Qué le ha pasado al viejo?

—¿No supiste?

—No.

—Palmó durante el verano.

—¿Pero cuándo que no me enteré?

—Creo que fue en julio, sí fue en julio.

—¡Ah! Es que estábamos en un crucero, nos lo ganamos en el bingo. ¿Qué le pasó?

—No lo sé. Algo en los pulmones parece.

—¿Y fue así de repente?

—No. Ya venía jodido, y jodiendo. Desde que murió mi suegra hace cuatro años, se vino a vivir con nosotros, y nos complicó la vida. Mi marido ni se enteraba, él se iba atrabajar por las mañanas y la que le daba el desayuno, lo llevaba al parque, a la residencia de día, y lo lavaba, era yo.

Así que en un momento dije: no va más, no cuidé a mi propio padre, y no voy a cuidar de este, y en noviembre del año pasado lo mandamos para la residencia. Allí lo cuidaban muy bien. Pero empezó a adelgazar, y a estar como más perdido. Íbamos a verle un domingo cada dos, y siempre repetía los mismos cuentos. Un pelmazo. Por marzo pescó un resfriado, y pensamos que la quedaba, pero no, tiró unos meses más. Hasta que en julio, por fin, Dios se acordó de él.

—¿Y a tu marido entonces que le pasa? Ahora ya no tiene más de que preocuparse. ¿O sí?

—Nada, que dice que su padre se murió por culpa de él, por haberlo mandado allí, que ahora parece que en ese lugar no los alimentaban bien, y además se enteró de un par de casos en que las enfermeras les robaron el dinero a los viejos... y entonces ya te imaginaras como se pone. Pero, cambiando de tema, ¿te has enterado de que este año parece que se adelanta la liquidación del Corte Inglés?

—Pero no. Tú siempre con lo último, cuéntame.

Strummervile

Me encontraba en Brujas, esa ciudad de Bélgica mezcla de lo antiguo con sus ganas de ser Venecia, y con algo artificial inspirado en Disneylandia.

Concretamente estaba tomando un vino en un restaurante de una de las calles cercanas a la Markt cuando oí la imponente explosión.

Por lo que dieron las noticias, que vi esa noche en la CNN (que refirió colateralmente al asunto porque ese día dieron especial importancia a lo que decían era el inicio imparable del deshielo de la Antártida que habría comenzado unos días antes), no se habían determinado hasta el momento los motivos del atentado en el que había explotado el taxi.

En el mismo, solo habían muerto dos personas: el conductor de desconocido origen que supuestamente se habría inmolado (más tarde se supo que no era musulmán), y el pasajero, un connotado profesor e investigador científico de Harvard especializado en Ciencias Naturales, Richard Von Ribben.

Estaba casi dormido cuando recibí la esperada llamada.

Era de Washington, los jefes querían que contactara a los agentes locales que ya estaban trabajando con las autoridades belgas para determinar la responsabilidad y el origen del atentado.

Tenía que contactar a un agente reclutado en España de nombre Josu, que había servido a la agencia desde la época de la crisis de los misiles con Cuba, al que habían recuperado de su retiro por el problema del nuevo auge del terrorismo internacional.

Antes de llamarlo me afeité y me corté toda la cara, como me pasa siempre que no lo hago por las mañanas, y luego me bañé.

Disqué los números que me dijeron, y esperé que se activaran los sistemas antirrastreo.

Al fin comenzó a dar libre y contestó:

—Diga —increpó Josu.

—Buenas noches, le habla Jean Paul, me han ordenado que lo contacte —dije.

—¿Es Ud. el de criptografía? ¿Ese que siempre habla en los cursos de las máquinas Enigma y los paneles de permutación? —me preguntó.

—Sí, el mismo —contesté.

—¿No cree que eso ya está un poco pasado de moda? —insistió.

—Puede ser, ¿pero es para hablar de las Enigma que me necesitan? —inquirí.

—No. Es por otra cosa. Véame mañana a las cuatro en el mismo restaurante donde estaba cuando la explosión —dijo.

—¿Pero usted, cómo sabe? —pregunté, y escuché cómo cortaba.

A las cuatro menos cuarto estaba nuevamente en el mismo restaurante, tomando nuevamente una copa del mismo vino que el día anterior.

A las cuatro de la tarde puntualmente, llegó Josu.

Era exactamente como yo lo recordaba.

Viejo, canoso, con aspecto de español sabelotodo, y como todo español fuera de España, crítico de la comida del lugar.

Se sentó, llamó al mozo, y pidió un tinto de Navarra. El mozo le dijo que el único vino español que tenían era de Rioja, y le contestó que ni muerto tomaba un vino que no fuera de Navarra.

—Jean Paul, estamos perdidos con este atentado, necesitamos de sus conocimientos para descifrarlo —me dijo.

—Muy bien, ¿pero qué es lo que tienen? —pregunté.

—Luego de revisar exhaustivamente los restos del coche y las zonas aledañas, solo hemos encontrado restos de sal, mucha sal, y un fragmento de hoja de la agenda del profesor, con unas inscripciones manuscritas —dijo, frunciendo el ceño, conteniendo la respiración, y poniendo cara de quien trasmite un gran secreto.

—¿Pero qué dice en esas líneas? —pregunté en voz alta perdiendo la paciencia.

—Bueno, no se altere, aquí lo tiene —me dijo, entregándome una fotocopia del original, y agregando:

—analícelo usted que nosotros no tenemos ni idea, y nos vemos mañana aquí a la misma hora. —Se levantó y se fue antes de que pudiera contestarle.

Por los filamentos que se apreciaban en la fotocopia (era una fotocopia de precisión), el papel original`era el típico de las agendas que se venden en cualquier comercio, papel obra, amarillo leve, ochenta gramos.

Los trazos de la inscripción en cursiva revelaban que había sido realizada con una lapicera de fuente, y que el extinto profesor (si era su letra) era de una personalidad afable, centrada, inteligente, y presentaba además rasgos de nerviosismo esporádico.

El texto escrito en el fragmento no me aportaba nada, ni me sugería nada por el momento.

Papá era un ladrón de bancos, pero nunca lastimó a nadie. Strummerville. PEROU.

No podía entenderlo, y decidí primero hablar con Josu y pedirle que buscara información en el ordenador de la agencia (seguro que ya lo había hecho y me lo ocultaba), y segundo, buscar información sobre el texto yo mismo y por mis propios medios.

Como ya era tarde, cené en el mismo restaurante (ahora estaba con todos los gastos pagos), con buen vino, y con postre, y me fui al hotel.

Una vez en el hotel, me dirigí al centro de negocios que se encontraba en el lobby, pedí un ordenador con conexión a Internet, y me dispuse a iniciar mi investigación personal sobre el asunto.

Para esto, me serví del arma secreta que está al alcance de todo el mundo: Google, el sitio donde esta todo sobre todo en el mundo.

En un block de notas, ordené la investigación: para empezar buscaría información sobre el profesor Richard Von Ribben, y luego intentaría buscar información o algún patrón sobre el texto manuscrito. Para finalmente determinar alguna coincidencia.

Tecleé lentamente: R i c h a r d V o n R i b b e n, y apreté buscar.

Inmediatamente me aparecieron gran cantidad de páginas en las que se hablaba del profesor por sus logros académicos, por su contribución a la ecología, y por su frustrada candidatura al premio Nobel.

Por un instinto perverso, me dediqué especialmente a leer la que refería a la frustrada candidatura del profesor al Nobel (casi siempre los crímenes son causa o consecuencia de frustraciones). Según decía esta página, la academia sueca había considerado seriamente a Von Ribben como candidato al galardón por su relevante contribución al estudio de la migración del Benteveo Oriental, pero al realizar la investigación más pormenorizada de la biografía del candidato, había decidido descartarlo por constatar que el mismo mantenía un romance con una modelo que aparecía reiteradamente en la portada de la revista Interviú. Decía la nota para remate de desgracias, que luego de hacerse pública la noticia del descarte de la candidatura, al profesor también lo había abandonado su amante, quien lo habría dejado por el líder de un grupo ultraecologista denominado Las Olas y el Viento.

Me imaginé al profesor, y pensé en un pobre nerd que obtuvo repentina fama en el mundo de los ecologistas, que gracias a esto ligó con una modelo erótica, y que sintió de cerca el calor de la gloria científica, y de repente le arrebataron todo. En el fondo, no me extrañó, siempre le pasan estas cosas a los nerds, es que de tanto estudiar, no aprenden los códigos de la vida real. Me dio lástima, y envidia (a veces en los quioscos, miro la tapa de la Interviú).

A continuación tecleé el texto manuscrito.

El resultado que arrojó el buscador me desconcertó: letras y música de The Clash, letras y música de Joe Strummer, ROU, República Oriental del Uruguay, Montevideo, Punta del Este, Melo, Tarariras, Antonópolis.

No entendía nada.

Entré en cada una de las páginas, y no encontré ninguna referencia concreta con los hechos en cuestión, ni con el personaje en cuestión.

Seguí buscando.

En una traducción de las letras de este grupo The Clash, encontré que las dos primeras líneas escritas (Papá era un ladrón de bancos, pero nunca lastimó a nadie) eran los primeros versos de una canción llamada "Bankrobber".

El todopoderoso Google, también me indicó que "Strummerville", era una canción compuesta por Joe

Strummer, ex-integrante de The Clash, fallecido hacía muy poco.

La incógnita continuaba, nada parecía cerrar ni tener una relación.

Había transcripto el texto manuscrito a Word, para ir agregando mis (hasta ahora inútiles) notas, y por unos de esos errores al manipular el pad, cuando fui a apretar el botón de guardar, se pintó accidentalmente la última frase del manuscrito: Strummerville. PEROU.

Me quedé mirándola, ahí pintada de negro. Ya estaba cansado.

Tomé un par de sorbos del whisky que había introducido a escondidas hasta el escritorio del ordenador, me eché para atrás en la silla, y seguí contemplando un rato la pantalla, y la frase pintada de negro.

Apreté cortar, cerré Word, abrí el explorador nuevamente, puse el cursor sobre la ventana del buscador de Google, apreté pegar, miré por última vez las palabras Strummerville PEROU antes de mandarlas a buscar al ciberespacio, y le di al botón de buscar.

Demoró (o me pareció) una eternidad.

Se abrió la página, y otra vez, cientos de referencias a The Clash, a sus canciones, a Joe Strummer, y a este país Uruguay, del que no había oído hablar en ningún lado más que en la agencia (tenían miedo de que los comunistas ganaran las elecciones) y en estas búsquedas en Internet.

Abrí un par de links en la primera página y nada, otros en la segunda, en la tercera, en la sexta, y hasta en la séptima, y nada.

Apreté donde dice siguiente para pasar a la próxima decena de páginas, y ahí en la página número once, el tercer link, que era de la edición digital de un diario uruguayo de hace tres años, decía: ayer se celebró fiesta ecologista en la exclusiva residencia Strummerville de Punta del Este.

Mi cerebro de criptógrafo reaccionó inmediatamente: Strummerville PEROU, quería decir Strummerville Punta del Este República Oriental del Uruguay.

¡Bingo!, pensé, y tecleé sobre el link, rezando por que abriera y no me saliera el fastidioso cartelito que dice: No se ha encontrado la página.

Ahí estaba la edición digital de La Gaceta del Este, con su nota sobre la fiesta que se había realizado en la residencia Strummerville, y con fotos.

Inmediatamente reconocí a Von Ribben (con la típica camisa hawaiana que se ponen los nerds en las fiestas veraniegas), y a su novia modelo de Interviú (imposible no reconocerla), los acompañaba una chica joven, y otro hombre alto y quemado por el sol que, según aparecía en la foto, estaba muy interesado en la novia del profesor.

Seguí buscando información, y el acertijo no era tan complicado.

El líder del movimiento ultraecologista Las Olas y el Viento, era John Evergreen, un sudafricano de clase alta radicado en Uruguay que había conocido el profesor en sus viajes a este país durante la investigación de la migración del Benteveo Oriental (aquella que lo hizo soñar con el Nobel).

La otra chica era la hija del primer matrimonio del profesor, que lo acompañaba en sus viajes como asistente, y que se había enamorado del líder ecologista, se había quedado a vivir con él en Uruguay, y habían tenido un hijo.

Más tarde, al tomar trascendencia internacional el movimiento radical de Evergreen, y estar proscripto en el Uruguay por intentar volar la represa de Rincón del Bonete para salvaguardar el hábitat del pez dorado, este se había radicado en Boston, donde siguió frecuentando a Von Ribben en Harvard.

Según decía la página web de una revista uruguaya especializada en temas del corazón, allí conoció a la novia de Von Ribben, y fue allí donde seguramente comenzó la historia de infidelidad que se hizo pública tras la negativa de la Academia Sueca.

Hasta aquí muy bien, era muy interesante la historia académica, profesional, y sentimental del nerd de Von Ribben.

Pero seguía en blanco, y cansado, y me fui a dormir. Al día siguiente, a la misma hora de siempre, me encontré con Josu en el restaurante.

El mozo, que era de los buenos, le dijo que el vino de la casa que se servía en ese día era un Julián Chivite, por lo que Josu lo increpó para que se lo trajera de inmediato. Apuesto que era un vino más riojano que Fuenmayor, pero se lo tomó de un sorbo.

Le conté al detalle mis averiguaciones (sin decirle que lo había hecho en Internet porque no está bien visto entre los espías viejos), y le dije que había que ubicar a la hija de Von Ribben.

Quizá ella nos podría ayudar.

Quedó en ver la forma de contactarla, y en avisarme.

Se levantó, me dijo que pusiera todo a la cuenta de la agencia, y se fue.

Como no había almorzado, comí una trucha con salsa de roquefort, tomé una botella de buen Rioja, postre, y al hotel a dormir la siesta.

Eran las once de la noche cuando me despertó el teléfono.

Era Josu nuevamente.

—Oye. Estas despierto —dijo.

—Ahora sí —contesté.

—Hemos ubicado a la hija de Von Ribben. Sigue viviendo en Uruguay, en Punta del Este —refirió.

—Muy bien, ¿han hablado con ella? —pregunté.

—No, lo harás tú —dijo.

—Pues pásame el número —contesté.

—Pero qué número ni que número, vete a las tres de la madrugada al aeropuerto. Un avión de la agencia te llevará a Punta del Este. Allá te esperarán los contactos locales. Buen viaje —dijo, y colgó.

Malditas las ganas de ir hasta Uruguay que tenía en ese, y en cualquier momento, pensé.

Me afeité, me corté, me bañé. Hice las maletas. Fui al aeropuerto, me subí al avión de la agencia, y saludé al resto de los pasajeros.

Iban dos agentes más con rumbo a Ciudad del Este en Paraguay por un tema de Al Qaeda.

Me tomé una copa de vino, una pastilla, y desperté en Punta del Este.

El contacto local era un policía de investigaciones al que tras el atentado a la represa habían encomendado vigilar Strummerville, por si Evergreen aparecía por allí.

Por lo que me dijo actualmente, ahí solo vivían tres personas, la hija de Von Ribben, su pequeño hijo, y la mucama.

Desde que Evergreen había escapado, los ecologistas locales ya ni se acercaban a la casa.

Era mediodía.

Me pareció una hora adecuada para hablar con la hija de Von Ribben.

Toqué timbre y me atendió ella en persona, hablando un español bastante malo.

Le expliqué quien era, y para quien trabajaba.

Le dije que sentía lo de su padre, y que estábamos haciendo lo posible para averiguar quién había sido el responsable.

—Agradezco lo que hacen por mi padre, y por mi familia. Pero ya nada tiene sentido. Esta investigación no los llevará a ningún lado —dijo.

—¿Pero por qué? —pregunté.

—Los altos ideales, incluidos los ideales ecologistas que nos movieron en algún momento, se fueron al diablo. Todo por la culpa del maldito de John Evergreen, nos sedujo con su causa, y con su defensa a ultranza del medio ambiente, y no dudó en seducirme a mí, la hija de su mentor, y a la pareja de su mentor. Eso a mi padre lo destruyó más que no ganar el Nobel, y lo transformó en un ser malvado, que solo vivía motivado por el deseo de vengarse de Evergreen, para lo cual no escatimaría medio. Mi padre amaba mucho a esa chica —acotó.

—¿Pero Ud. cree que Evergreen pudo haber mandado matar a su padre? —pregunté.

—Lo dudo. Evergreen es un cobarde que solo se anima a intentar volar represas, no creo que le diera para tanto. De cualquier forma, mi padre dejó un testamento aquí en Uruguay. Cuando estuvo hace dos meses, lo encontré algo taciturno y preocupado, me extrañó mucho que me llevara a la oficina del notario, y le diera precisas instrucciones de que si algo le pasaba, pasados más de siete días desde la confirmación de su muerte, ambos concurriéramos a la sede del BBVA de Punta del Este, donde el gerente tenía orden de entregarme (ante esta situación y en presencia del notario) unos sobres, supongo que un testamento, que él había depositado en la bóveda de seguridad para mí. Estoy esperando que se cumpla el plazo. Allí estaré ese mismo día, ya no falta tanto —dijo, con cara de preocupación.

—Comprenderá que yo no estoy aquí para importunarla en este momento tan malo. Pero es mi trabajo averiguar qué le paso a su padre, y pienso que ese testamento puede contener pistas. Me gustaría ir con usted

104

al banco. Sé que lo que le pido puede resultar abusivo, pero piense que si no soy yo quien lo hace, la agencia mandará a otro —agregué.

—Ya sé cómo trabajan ustedes, es inútil resistirse. Confíe en mi palabra. Al banco iré sola, hágame esa única concesión, y el lunes por la tarde lo dejaré hojear el testamento —contestó.

—Está bien, volveré el lunes por la tarde —le dije, sabiendo la reprimenda a la que me exponía con mis superiores, y me fui.

Ahí comenzó mi larga espera hasta la tarde del lunes. Mientras tanto dediqué mi tiempo a recorrer Punta del Este, a controlar a los agentes locales para que tuvieran controlada a la hija de Von Ribben, y a engañar a Josu diciéndole que "estaba en el tema", pero que aún no tenía nada concreto.

El lunes amaneció lluvioso. Feo día para leer un testamento, pensé, y me fui a desayunar.

El hotel donde me estaba alojando frente a la playa es realmente bueno. Dicen los de la agencia que a veces Maradona se queda aquí, y ellos aprovechan a instalarse en una habitación cercana a la de él para seguirle los pasos.

Almorcé, y fui a la hora indicada a leer el testamento del profesor Richard Von Ribben.

Toqué timbre, y una vez más me abrió su hija.

—Pase por favor. ¿Desea tomar algo? —dijo.

—No, gracias —contesté.

—Ahí lo tiene. Eso encima de la mesa es el testamento de mi padre, y el anexo que seguro será de su interés.

Al final, no era tan malo, y yo que hasta dudé de él... —comentó, y se largo a llorar, saliendo de la habitación.

Tomé el testamento y el anexo, me acomodé en el sillón, y comencé a leer; el testamento era una mera relación de bienes y cuentas bancarias, como todos, el anexo me llamó más la atención:

Querida hija:

Como te referí la última vez que te visité en Punta del Este, te dejo este testamento, para que además de saber que todo mi patrimonio ahora es tuyo (eso está arreglado con el notario), sepas que tu padre no era una mala persona.

Desde joven tuve altos ideales, sobre todo con respecto al medio ambiente, pero desde siempre carecí del valor para luchar en la práctica por los mismos.

Por eso me dediqué a la ciencia. Era mi forma de luchar.

Por eso, cuando conocí a quien nos arruinaría la vida a ambos no dudé en auspiciarlo y protegerlo, pensando que a su ímpetu solo le hacía falta un cauce adecuado en el que correr. De alguna forma vi en él lo que no era, o no había podido ser yo.

Nunca pensé que te haría el daño que te hizo.

Nunca pensé que intentaría llevar adelante actos violentos en defensa del ambiente.

Nunca pensé que podría quitar de mi lado, lo que yo más quería, esa chica que nunca viste con buenos ojos, pero que era mi alegría, era lo que me había devuelto la vida, devuelto esa juventud que por pasarme estudiando me había perdido.

Ya lo sabes, esa pérdida me dolió más que la del Nobel.

Otra vez condenado a leer para matar mis horas libres, otra vez ajeno a la vida.

Fue en una de esas noches de soledad en mi laboratorio que descubrí el secreto que me llevaría a este desenlace.

Experimentando con babosas del Ártico, descubrí que gracias a una enzima especial ellas son inmunes a la sal, que como sabes aniquila al resto de las babosas del mundo. Sal que también se utiliza para disolver la nieve.

Ideé entonces el macabro plan.

Invertir las enzimas de la babosa del Ártico, de manera tal que las babosas inmunes a la sal, secretaran una sustancia similar a la sal capaz de derretir la nieve, pero cien mil millones de veces más potente.

Pasé noches sin dormir, como un alquimista intentando vanamente.

Finalmente lo logré, viajé a la Antártida a probar el resultado (al regreso pasé a verte y dejar las instrucciones al notario), y el resultado excedió los límites de lo esperado.

Una sola babosa disolvió en 3 horas cien quilómetros cuadrados de hielo y nieve.

Volví a Boston, y cloné a las nuevas y perversas babosas del Ártico hasta tener la cantidad suficiente como para derretir el Polo Norte.

Mi plan era arruinar el planeta y responsabilizar a Evergreen, o por lo menos dejarlo sin causa por la que luchar.

Como él me había dejado sin motivo por el que vivir, viajé al Norte a ejecutar mi siniestro plan, y en la noche previa salí a respirar el aire gélido del polo, miré al cielo y vi las luces del Norte. Pensé en ti, en tu hijo, en tu madre, y en los miles de millones de madres, padres, e hijos, que no verían jamás las luces del norte si yo soltaba mis babosas

por culpa de Evergreen, y me di cuenta del monstruo en el que me había convertido. Sentí vergüenza y arrepentimiento.

Prendí fuego a las babosas, y volé a Europa porque sabía que Evergreen estaba en Bélgica.

Le hice una llamada anónima de parte de un donante que quería reunirse con él en la campiña belga antes del amanecer, para darle fondos. Como siempre en él la codicia fue más fuerte que la precaución.

Fue a la reunión, y ahí a punta de pistola lo obligué a ponerse mi ropa (si hubieras visto su cara), cargar mi maletín y mi agenda, y subirse a ese taxi donde llevaba un cadáver de un pordiosero que un amigo de la morgue de Brujas me suministró ese mismo día.

Manejé hasta el centro en la madrugada bien temprano, y paré el coche donde ya había estudiado que la onda expansiva no lastimaría a más nadie. No olvidé poner el ticket de estacionamiento.

Drogué a Evergreen para que pareciera dormido, y disfracé al cadáver que haría de conductor del taxi con gorro, guantes, bufanda, y lentes.

Esperé la hora adecuada, e hice estallar el artefacto.

Miré mi obra como el escultor mira la estatua recién acabada, y me congratulé de que Evergreen ya no haría más daño, y de que nadie inocente había sido herido.

Fui al hotel, redacté esta carta, y la envié por courier al BBVA de Punta del Este. El gerente tenía orden de anexarla al testamento en cuanto llegara; y por eso te pedí que esperaras siete días.

Si hubiera detallado mis planes hubiera incriminado a alguien, y había decidido que no dañaría a más nadie, solo a Evergreen.

Espero que no me odies más de lo que yo mismo lo hago.

He salvado al mundo de mí mismo, y esa es mi redención.

Que no me busquen, pues no me encontrarán.

Te quiere.

Tu padre.

Antes de levantarme del sillón, tomé el móvil, llamé a Josu, y le dije:

—La hija es una subnormal profunda. Tiene como una negación con todo el rollo este de su padre. No sabe nada de nada, solo se dedica a cuidar a su hijo. Es inútil seguir interrogándola. Seguimos en blanco. ¿Qué hago ahora? —pregunté.

—Pues nada. Vuélvete a Brujas —dijo.

Epílogo[4]
Manifiesto Intemporal

La primera pregunta que se hará el inadvertido lector, será: ¿Qué me motiva a mí a hacer esto? ¿Por qué gastar mi tiempo en escribir un manifiesto literario?

Pues bien, luego de leer (nunca lo suficiente) a diferentes escritores, y a diferentes entendidos en literatura, de esos que insisten en clasificarlo todo en movimientos, corrientes, géneros, y vertientes, todos y cada uno de ellos con su respectivo neo, y su etcétera, he llegado a la terrible conclusión de que en el mundo de las letras (y sin importar la época ni la vertiente) el maestro que más seguidores ha tenido en cuanto a forma, fondo, técnica y estilo, (quizá involuntariamente, debo confesarlo) ha sido Carlos Argentino Daneri.

Este manifiesto tiene el objetivo de que quienes lo lean adviertan el error, y se den cuenta de que no encierra ninguna virtud literaria o artística el emular al referido escritor.

Sino todo lo contrario.

---

[4] El manifiesto fue publicado por primera vez en idioma gallego (con traducción al castellano) por una editorial independiente del País Vasco. Se hicieron 450 copias numeradas y firmadas por el autor. Se realizó una distribución no comercial de las mismas. Hasta la fecha, se desconoce la comercialización de alguna de ellas, salvo por una excepción: la copia identificada con el número 3, y con un autógrafo del autor en la última página, acompañada de la leyenda: "En el principio era el Verbo", fue vendida por una casa de subastas de Nueva York, al director de un museo para integrar el acervo del mismo.

El mantenimiento de técnicas literarias sostenidas por movimientos tan dispares como el clasicismo, el modernismo, el ultraísmo, el realismo, el realismo mágico, el surrealismo, y por qué no hasta el misticismo, además de todas las vertientes más contemporáneas clasificadas o por clasificar, responden por obra pareciera que de derecho natural al dogma de Argentino Daneri: granjearse el aplauso del catedrático, del académico, del helenista, sin perder nunca de vista el *principio de ostentación verbal*[5]. Según sus propias palabras.

Este es el primer gran error. Argentino Daneri, que establece las bases de su escuela durante la primera mitad del siglo XX, ignora adrede (por esto de la ostentación verbal) el fin democratizador de la cultura en general, y de la literatura en particular. Escribe para una élite, y no lo oculta. Esto es comprensible, de alguna forma en sus consideraciones particulares, y en lo que hace a su obra por el contexto histórico y social de la época en que vive; no obstante carece de absoluto sentido en la obra de sus principales seguidores (conscientes e inconscientes) de la segunda mitad del referido siglo. La interpretación materialista de la historia que denuncian en su público quehacer estos autores, no parece determinar sus obras.

El afán antiantropológico del experimento que auspician en su momento es solo a los efectos del experimento mismo, siempre que las pruebas se realicen lejos, del otro lado del muro.

La escritura es un producto que debe ser consumido por quien la merece de cuna: *el catedrático, el académico, el helenista*[6], o como mucho (la excepción) por el autodidacta iluminado que se apañe para desentrañarla.

---

[5]   Borges, Jorge Luis, *El Aleph*, Galaxia Gutemberg, Barcelona, 1999, páginas 162 y siguientes.

[6]   Borges, Jorge Luis, *El Aleph*, Galaxia Gutemberg, Barcelona, 1999, páginas 160 y siguientes.

El segundo gran error que esta escuela se adjudica es el de no reconocer el carácter lúdico de la lectura. Es decir, ignorar a conciencia que la lectura es un ejercicio más de ocio, y que el ocio es parte de la vida, y que por lo tanto las estructuras de la lectura (conservando la necesaria calidad) deben tener una natural tendencia a atraer al lector e irlo introduciendo en los diferentes niveles de complejidad en forma paulatina; a los efectos de no desestimularlo. Como se comprende, este segundo error está firmemente vinculado al primero. Si se considera que los no ilustrados y versados en suficiencia no son merecedores de la literatura, se considera que no son merecedores del ocio de la lectura. Esto, que deriva de la concepción materialista referida, marca una concepción de clase social dominante (que puede y debe gozar de la lectura porque su espíritu es capaz de aprovecharla) y dominada (que no puede gozar del ocio derivado de la misma porque su espíritu no está preparado para recibir tales mieles, y por lo tanto debe dedicarse a tareas más elementales).

Estas son las líneas generales en que se ha movido la literatura intemporalmente hasta la actualidad. Estos son los errores de todos los tiempos que tal vez involuntariamente (¿o no?) supo sintetizar Carlos Argentino Daneri.

La posición de este movimiento que he generado, y que ha dado en llamarse, como consecuencia de los primeros esbozos de este Manifiesto Intemporal, Movimiento Intemporalista, parten de una irrefutable base antropológica, sociológica, y psicológica: para todas las personas en cualquier tiempo y circunstancia los arquetipos son los mismos.

Es decir, el inconsciente individual está indisolublemente conectado al colectivo, y de esta forma se transmiten entre las personas motivaciones originales o modelos universales.

Las motivaciones originales son fundamentalmente las que tienen que ver con las necesidades básicas del cuerpo (alimentación, conservación de la especie, seguridad física, hábitat, salud, etcétera) y con aspectos del espíritu (sentido de trascendencia, amor, miedos, inseguridades, necesidad de pertenencia, certeza de la muerte, etcétera).

A estas motivaciones, que generan comportamientos del ser humano, les brindan respuesta los modelos universales.

Defino estos modelos universales como los actos, hechos, u omisiones que accidentalmente, activamente, proactivamente, o pasivamente, buscan en forma similar a lo largo de la historia satisfacer las necesidades básicas del cuerpo y del espíritu de los hombres.

Tanto las motivaciones como los modelos que les brindan respuesta son objeto fundamental de la vivencia del individuo como tal, y del individuo como parte del grupo. Estas vivencias desde siempre buscan una forma de comunicarse, una manifestación externa que se da muchas veces por la simple intención del hombre de satisfacer la necesidad imperante mediante actos tendientes a ello, o mediante una manifestación comunicativa que se puede convertir en una forma de arte.

El hombre utiliza el arte como medio de mitigar su incertidumbre y de aliviar su psiquis, pero también (sin excluir estos condicionantes) como medio de comunicación.

Eso es lo que nos maravilla en Altamira, o nos asombra en los nuevos sistemas de comunicación digital.

Ahora bien. Esta forma de comunicación es natural. El hombre la posee por gracia desde siempre (aunque las diversas manifestaciones surjan en diferentes momentos de la historia), y es previa al contrato, y previa a las clases sociales, y a las estructuras consecuencia del mismo.

Por lo tanto, las artes, en este caso la escritura, deben desarrollarse en este contexto de naturalidad, sin la necesidad de agregárseles nada más que las contamine.

Es decir, se debe escribir de forma que cualquiera sea capaz de interpretar cualquier texto (en la forma), como manera de allanar el natural derecho del hombre a comprender un arte (el fondo) que es resultante de condicionantes sociales (motivaciones y modelos) naturalmente compartidas.

Lo mismo implica al pintor, al escultor, o al músico; sin que esto implique un simplismo.

Se puede escribir, como se puede pintar en forma abstracta, respetando la huella natural que guiará a cualquier hombre a comprender el arte, es algo parecido a lo que Jack Kerouac denominó Spontaneous Bop Prosody, pero sin duda más evolucionado, y más sincero, porque no busca fama mediante imposición del absurdo o el contrario. La fama, si le llega, lo hará por el sentido del contenido, y por la belleza de la simplicidad de la forma.

El dogma general literario mencionado, de granjearse el aplauso del catedrático, del académico, del helenista, sin perder nunca de vista el principio de ostentación verbal, arremete directamente contra este derecho natural del hombre a participar de la creación artística, y del acervo cultural de la humanidad. Por eso, el artista que quiere cumplir con su misión natural de comunicador, debe dejar de lado la tentación por decorar innecesariamente su obra.

Algo de esto, llegaron a vislumbrar Torres García, Jean Cocteau, y Burroughs.

Tomás Teijeiro. San Juan de Luz, agosto de 2003.

Índice

Esta tirada de 100 ejemplares se terminó de imprimir en octubre de 2013 en Imprenta Dorrego, Dorrego 1102, CABA